로크미디어가
유혹하는
재미있는 세상

ROK
MEDIA
로크미디어

퇴마하는 톱스타 3

2023년 3월 8일 초판 1쇄 인쇄
2023년 3월 13일 초판 1쇄 발행

지은이 이상한하루
발행인 강준규

기획 이기헌 왕소현 박경무 강민구 조익현
책임편집 김홍식
마케팅지원 이원선

발행처 (주)로크미디어
출판등록 2003년 3월 24일
주소 서울시 마포구 마포대로 45 일진빌딩 6층
Tel (02)3273-5135 Fax (02)3273-5134
홈페이지 rokmedia.com E-mail rokmedia@empas.com

값 9,000원

ISBN 979-11-408-0704-8 (3권)
ISBN 979-11-408-0693-5 04810 (세트)

CONTENTS

섦서진 셩화를 다시 살리다

　모텔 밖으로 나오자 서늘한 새벽 공기가 옷깃을 파고들었
다.

　쉼터 안에서는 각 부문의 스태프들이 장비들의 상태를 점
검하는 중이었고, 밖에서는 다들 휴대폰을 붙들고 저마다 앞
으로의 대책을 논의하느라 바빠 보였다.

　소영희는 현장을 떠났는지 앞마당에 세워져 있던 흰색 스
타크래프트 밴이 보이질 않았다.

　"아, 내 인생은 진짜 왜 이러냐?"

　신세 한탄 같은 소리가 들려서 돌아보니 뜻밖에도 조진호
대표였다.

　조진호 대표가 신세 한탄을 하고 있었고 박흥식 감독은 그

옆에서 고개를 푹 숙인 채 말이 없었다.

태수와 눈이 마주친 박흥식 감독이 손을 들어서 불렀다.

"어이, 장 작가."

태수가 다가가자 박흥식 감독이 굳은 표정으로 말했다.

"어떡하지, 미안해서?"

"예? 왜요?"

조진호 대표가 침통한 표정으로 말했다.

"작가님, 아무래도 이번 영화 엎어야 할 것 같네요."

"예? 왜요? 장비 부서진 것 때문에요?"

박흥식 감독이 대신 대답했다.

"장비도 장비지만 소영희 씨가 더는 촬영을 못 하겠대."

"아……."

"그렇잖아도 저예산이라서 캐스팅도 어렵게 했는데 계속 이런 일이 생기니까."

하긴 어떤 여배우라도 소영희와 같은 일을 겪고 나면 더 이상 연기를 하기는 어려울 것 같았다.

그렇다고 주연 여배우를 다시 캐스팅하면, 지금까지 촬영한 부분을 전부 날려야만 하고.

박흥식 감독이 담배를 꺼내 물고 한숨처럼 연기를 뱉어 냈다.

"제작비도 너무 많이 오버됐어. 앞으로 늘어날 회 차만 10회 차가 넘을 텐데, 그럼 추가 제작비가 엄청나게 들어가야 하거든. 근데 조금 전에 대표님이 통화했는데, 투자 쪽에서 추가 제작비 집행은 어렵다고 했대."

"아…… 그럼 어떻게 되는 거예요?"

"어떻게 되긴 다 엎어지는 거지. 장 작가 데리고 재미있게 촬영하는 모습 보여 주고 싶었는데, 어려울 것 같네. 나도 이번에 데뷔하는 거 물 건너가고."

박홍식 감독의 눈에 얼핏 물기가 서리는 게 보였다.

조진호 대표도 눈시울이 붉어져 있었다.

"난 이제 제작비 토해 내고 빚더미에 올라앉아야 할 판이에요. 이런 일 때문에 영화판에 자살한 제작자들 많아요."

박홍식 감독이 정색을 하고 말했다.

"아, 진짜 대표님, 그렇게 좀 말씀하시지 마세요."

"사실인데 뭘. 아무리 저예산이라도 내가 몇 억을 어떻게 갚냐?"

태수는 도무지 이해가 되지 않아서 되물었다.

"아니, 제작사가 잘못한 것도 아니고 이건 어떻게 보면 천재지변인데 왜?"

"물론 제작사 입장에선 억울하지. 근데 어쩔 수가 없어, 계약서를 그렇게 썼으니까."

"후우."

태수는 알 수 없는 답답함에 자신도 모르게 한숨을 내쉬었다.

자신의 심정도 이러한데 두 사람의 마음은 오죽할까.

근데 이해가 되지 않는 부분이 있었다.

영화가 엎어진다면 시나리오를 읽었을 때 떠오른 동영상들은 뭐란 말인가.

아직 촬영을 하지 않은 씬들이 많은데 태수는 그 장면들도 이미 환상으로 보지 않았던가.

만약 영화가 정말로 엎어진다면 그런 동영상이 떠오를 리가 없지 않은가.

물론 환상 속 동영상이 시나리오와 완벽하게 일치했던 건 아니다. 어느 부분은 새로운 영화처럼 시나리오하고 다른 장면도 있었고 새롭게 추가된 내용들도 있었다.

일테면 엄마인 혜수가 ADHD 장애를 가진 호빈을 지나칠 정도로 보호하면서 아빠인 민수는 물론 영신과도 갈등을 일으키는 장면이 추가된다든가.

또한 이 부분은 처음부터 계속 의문이 들었던 점인데, 환상 속에서는 주연 여배우가 소영희가 아니라 손예지로 등장한다는 것이다.

'그럼 그 모든 환상들이 잘못됐다는 얘긴가? 어느 쪽이 진짜야?'

태수가 골똘히 생각에 빠져 있을 때 허공이 흔들리며 메시지가 나타났다.

제7성인 파군성의 예지파군의 능이 작동합니다.

화르르르륵.

허공이 흔들리며 영상이 나타났다. 뿌연 막이 한 꺼풀 덮인 것처럼 흐릿해서 어떤 영상인지 분명하게 알아보기가 어려웠다.

'어? 이건 무슨 영상이지?'

태수가 미간을 좁히고 영상을 노려봤다.

영상은 무대 위에 사람들이 서 있는 장면인데 그 사람들이 모두 배우들 같았다.

'가만, 다들 내가 아는 배우들 같은데? 맨 왼쪽에는 이갑수 씨인가? 흐릿해서 잘 안보이네. 그 옆에는 김동우랑 강민지고. 그리고 마지막에 저 여배우는…… 손예지 씨?'

자세히 보니 손예지가 맞는 것 같았다. 그리고 손예지 옆에 체격이 건장한 남자가 서 있었는데, 배우는 아닌데 낯이 익었다.

'저 사람은 누구지? 분명히 낯이 익은데? 가만…… 저 사람 혹시…… 박흥식 감독님 아냐?'

비록 영상이 흐릿하긴 하지만 말끔히 면도를 하고 깔끔하게 옷을 차려입은 남자는 박흥식 감독이 거의 확실했다.

'대체 이게 무슨 영상이야? 왜 저 배우들이 하나의 무대에 서 있고 박흥식 감독이 함께 있는 거지?'

그리고 흐릿하게 박흥식 감독 옆에 남자가 서 있었다.

사회자 같기도 하고 조진호 대표 같기도 한데, 유독 그 사람의 모습만 너무 흐릿해서 얼굴을 전혀 알아볼 수가 없었다.

'누구지? 왜 저 사람만 유독 흐릿하고 얼굴이 안 보이는 거야?'

남자를 자세히 보려고 허공에 얼굴을 가까이 가져가는 순간 아쉽게도 영상이 사라졌다.

다시 현실로 돌아왔을 때는 눈앞에 영상이 사라진 다음이었다.

기분이 묘했다.

'갑자기 왜 이런 영상이 나타난 거지? 혹시 무대 인사?'

영화 촬영을 마치고 개봉을 하게 되면 배우들과 감독은 무대 인사를 다닌다.

방금 본 영상은 바로 개봉을 앞둔 영화의 무대 인사를 떠올리게 만드는 영상이었다.

그렇다면 방금 전의 환상이 의미하는 건 단 한 가지밖에 없다.

어떤 일이 있을지 모르지만 〈모텔 파라다이스〉가 영화로 만들어져 개봉한다는 것!

그리고 엄마 역할은 소영희가 아닌 손예지로 교체된다는 것!

신기가 작동하는 것처럼 머릿속에서 퍼즐이 맞춰지는 느

낌이 들었다.

'어르신, '예지파군의 능'이라는 건 혹시 예지력을 말하나요?'

-그렇다네. 왜. 설마 벌써 예지파군의 능을 경험했단 말인가?

역시 방금 본 영상은 우연히 떠오른 환상이 아니었다.

칠성 중에서도 일곱 번째 별인 파군성.

자신은 그 파군성의 기운을 내려받은 예지파군의 능을 통해 미래를 본 것이다.

'예, 흐릿하게 보이긴 했지만 미래를 잠깐 본 것 같습니다.'

-허허, 참. 속도가 너무 빠른데?

'그럼 제가 모든 미래를 다 볼 수 있다는 건가요?'

-그건 아니야. 자네가 볼 수 있는 미래는 바로 자네의 미래야. 즉 자네 인생에 중요한 영향을 미치는, 밀접하게 관련이 있는 미래만 볼 수가 있네.

'아, 그렇군요. 근데 영상이 흐릿해서 완전하게 다 볼 수가 없었어요.'

-그건 아직 자네의 귀기가 부족하기 때문이야. 좀 더 많은 퇴마를 행해서 귀기를 모으면, 예지력으로 자네가 보고 싶은 미래를 좀 더 분명하게 볼 수가 있을 것이네.

'세상에, 미래를 볼 수 있다니.'

예지파군의 능에 의하면 악귀들로 인해 촬영이 중단된 〈모텔 파라다이스〉는 어떤 변수로 인해 재촬영을 하게 된다.

그 과정에서 서영희 대신 손예지가 혜수 역할로 합류한다.

그렇다면 〈모텔 파라다이스〉가 어떤 과정을 거쳐서 다시 제작에 들어가고 최고의 여배우인 손예지는 어떻게 합류하게 되는 것일까?

태수는 궁금한 미래를 떠올리며 다시 정신을 집중했다. 하지만 이번엔 허공이 흔들리지도 영상이 떠오르지도 않았다.

노인의 말대로 예지력을 마음대로 사용하기엔 아직 귀기가 부족한 모양.

하지만 상관없다. 과정까지 본다면 더할 나위 없겠지만 결과를 알고 있으니 과정에 대한 답은 스스로 찾을 수 있다.

지금 가장 궁금한 건 〈모텔 파라다이스〉가 어떻게 다시 촬영에 들어갈 수 있었을까 하는 것.

근데 그 전에 한 가지 의문이 들었다.

노인이 그랬다.

예지력으로 볼 수 있는 미래는 자신의 인생에 중요한 영향을 미치거나 밀접하게 관련이 있는 것이라고.

근데 방금 〈모텔 파라다이스〉의 무대 인사 장면을 봤으니, 그 말은 곧 〈모텔 파라다이스〉가 자신의 인생에 중요한 영향을 끼치는 영화라는 말이 된다.

'대체 나하고 모텔 파라다이스가 무슨 상관이기에?'

자신은 이번 영화에 관찰자로 참여했을 뿐 정식 스태프도 아니다. 게다가 지금은 영화에서 손을 떼고 나가야 하는 상황.

그때 문득 떠오르는 생각이 있었다.

자신이 환상에서 미리 본 영상.

그 영상은 공포 영화 〈모텔 파라다이스〉의 재촬영으로 만들어진 최종 편집본일 가능성이 높았다.

자신이 영상에서 봤던 최종 편집본 영상은 현재의 시나리오보다 훨씬 재미있었다.

엄마인 혜수 역할에 당대 최고의 여배우 손예지가 나오는데다 이전 시나리오에서 부족했던 가족애가 절절하게 부각이 되어 관객이 지금보다 혜수 가족에게 감정이입을 훨씬 잘하게 만들어 준다.

관객이 혜수 가족에게 감정이입을 하면 할수록 공포는 커질 수밖에 없고.

다시 정리하면 재촬영에 들어가는 〈모텔 파라다이스〉는 시나리오가 대폭 수정된다. 주연인 혜수 역할은 손예지로 바뀌게 되고.

그럼 그 수정된 시나리오는 누가 쓰게 될까?

현재 완전히 절망에 빠진 조진호 대표와 박홍식 감독이 시나리오 수정을 시도할 리는 없다.

〈모텔 파라다이스〉의 시나리오를 수정할 수 있는 사람은 한 사람밖에 없다.

이미 최종 편집된 영화의 완성본을 본 사람, 장태수 자신이다!

아예 창작을 하는 게 아니라 미리 본 영화를 시나리오로 옮기는 건 결코 어려운 일이 아니다. 게다가 자신은 정문호 선생님의 필력까지 전수받지 않았던가.

그 생각을 하는 순간 전율이 일었고 심장이 터질 것처럼 두근거렸다. 만약 그렇게 된다면.

'예지파군의 능'이 보여 주는 미래에 〈모텔 파라다이스〉가 등장하는 것도 이해가 된다.

"대표님?"

태수의 부름에 조진호 대표가 힘없이 고개를 돌렸다.

"혹시 말이죠. 시나리오를 지금보다 훨씬 재미있게 수정하면 추가 제작비를 받아서 다시 촬영을 진행할 수 있지 않을까요? 시나리오만 재미있으면 투자사도 욕심을 낼 수 있잖아요. 이미 들어간 돈도 있는데."

잔뜩 기대를 품고 얘기를 꺼냈는데 태수의 예상과 달리 조진호 대표는 헛웃음을 지으며 고개를 흔들었다.

옆에 있던 박흥식 감독이 대신 대답했다.

"장 작가는 아직 영화판을 잘 몰라서 그러는 모양인데, 투자라는 게 그렇게 간단한 문제가 아니야. 그리고 설혹 추가 제작비를 받는다고 해도 지금은 소영희 씨가 촬영을 거부했기 때문에 사실상 처음부터 영화를 다시 찍어야 하는 상황이야. 투자사가 그걸 용납하겠어?"

뭔가 처음부터 어긋나는 느낌.

'그럼 시나리오의 문제가 아닌가?'

확실한 건 〈모텔 파라다이스〉는 재촬영에 들어가고 영화로 완성된다는 것.

분명 재촬영에 들어갈 수 있는 다른 길이 있다는 얘기다.

"혹시 시나리오를 수정하고 주연배우도 바꿔서 처음부터 다시 촬영할 수 있는 방법은 없을까요?"

조진호 대표가 잠긴 목소리로 말했다.

"장 작가님, 신경 써 주는 건 고마운데 그런 방법은 없어요. 모텔 파라다이스를 다시 살릴 수 있는 방법은 없단 말입니다. 이제 다 끝난 얘기예요."

태수가 포기하지 않고 물었다.

"감독님, 정말 방법이 없을까요? 가능성이 있는 건 뭐든 좋아요."

박홍식 감독이 의아한 얼굴로 태수를 바라보더니 피식 웃으며 말했다.

"이 영화에 대한 애착이 나보다 장 작가가 더 많은 것 같네. 불가능하긴 하지만 방법이 없진 않지."

"그게 뭔데요?"

"음…… 혜수 역할로 소영희 대신 손예지 같은 배우를 캐스팅한다든가."

"……!"

"근데 그건 진짜 불가능한 얘기야. 손예지가 이런 저예산 공포 영화에 출연할 리가 있겠어? 게다가 내일이면 여기서 벌어졌던 일들이 기사로 나갈 텐데."

박흥식 감독이 고개를 설레설레 흔들자 조진호 감독이 끙 하고 자리에서 일어나며 말했다.

"실없는 소리들 그만하고. 난 이만 들어가 봐야겠네. 내일부터는 아침에 눈 뜨기가 무서울 것 같아."

태수가 비틀거리며 걸어가는 조진호 대표의 등에 대고 말했다.

"그럼 제가 손예지만 캐스팅하면 되는 겁니까?"

걸어가던 조진호 대표는 물론 박흥식 감독까지 눈을 휘둥그레 뜨고 태수를 돌아봤다.

박흥식 감독이 물었다.

"손예지를 캐스팅하다니?"

"어쨌든 손예지만 캐스팅하면 투자받을 수 있다는 얘기잖아요? 감독님 한 번만 절 믿어 주십시오. 제가 시나리오를 수정해서 손예지를 캐스팅하도록 해 보겠습니다."

태수의 말에 두 사람은 무슨 말을 해야 할지 모르겠다는 표정을 지었다.

하긴 지금은 태수의 말이 두 사람에겐 황당하게 들릴 수밖에 없을 것이다.

이런 경우엔 일단 시나리오를 수정해서 보여 준 다음에 얘기를 진행하는 게 낫다.

"좋습니다. 제가 일단 내일 저녁 6시까지 시나리오를 수정해서 가져오겠습니다. 그다음 얘기는 시나리오 읽어 보고 진행하죠."

"난 솔직히 지금 장 작가가 무슨 말을 하는지 모르겠어."

"일단 내일 저녁 6시까지 시나리오 수정해서 가져올게요. 그때까지만 영화 엎어졌다는 소리 하지 말아 주세요."

태수는 두 사람의 대답도 듣지 않고 돌아섰다. 일단은 운명을 믿고 무조건 밀어붙여 볼 작정이었다.

지금까지는 살면서 늘 우유부단하다는 소리를 들었다. 근데 이제부턴 그렇게 살고 싶지 않았다.

"참, 제 숙소는 오늘 어떡할까요? 낮에 말씀하신 거기 묵으면 되나요?"

박홍식 감독이 얼떨떨한 표정으로 대답했다.

"어, 숙소? 저기 민자영 씨한테 얘기하면 안내해 줄 거야. 그리고 지금 숙소 들어갈 거면 제작부 차 타고 들어가면 될 거야."

"넵, 감사합니다."

일단 마음을 정하자 미래가 분명하게 보이는 것 같았다.

이미 머릿속에선 환상에서 봤던 영상을 시나리오로 옮길

생각에 마음이 조급하게 달려갔다. 혹시 몰라서 노트북을 가져온 게 다행이었다.

혼란스러운 스태프들 사이에 스크립터 민자영이 보였다.

"저기, 자영 씨."

"아, 예, 장 작가님."

"지금 숙소 들어가는 제작부 차량 있나요?"

"아, 네. 가만…… 제작부장님이 숙소 들어갔다가 다시 나온다고 했는데? 어…… 아, 저기 있네요."

민자영이 제작부장에게 가서 태수를 숙소까지 데려다 달라고 부탁을 했다.

태수는 제작부장과 제작부 스태프 두 명과 함께 승용차를 타고 숙소로 출발했다.

숙소로 돌아가는 차 안에서 제작부 스태프들도 이미 영화가 엎어졌다는 걸 기정사실로 받아들이는 분위기였다. 다들 앞으로 어떡할 건지 대책을 논의하는 소리가 들려왔다.

태수는 입을 다문 채 머릿속으로 시나리오에만 생각을 집중시켰다.

스태프들의 숙소는 모텔에서 10여 분 떨어진 펜션이었다.

제작부장이 펜션 2층에 있는 방의 문을 열고는 말했다.

"여기 묵으시면 됩니다."

사실 숙소까지 오면서 한 가지 걱정이 있었다. 밤새도록 글을 써야 하는데 함께 방을 쓰는 사람이 있으면 방해가 될 것 같았던 것이다.

그래서 가능하면 자신이 숙박비를 내더라도 혼자 방을 쓰고 싶었다.

"혹시 저하고 같이 방을 쓸 분은?"

제작부장이 말했다.

"아뇨, 조금 전에 대표님이 전화하셨는데 장 작가님은 방혼자 쓰도록 해 주라고 하셨어요."

"아, 그래요?"

다행히 조진호 대표가 글을 쓰도록 배려를 해 준 모양이었다.

"그럼."

제작부장이 방을 나가자마자 태수는 포근해 보이는 침대에 쓰러지듯 몸을 던졌다.

침대에 눕자 비로소 몸이 무거워지고 급격하게 피로가 몰려들었다.

사실 오늘 겪은 일들을 생각해 보면 피곤하지 않은 게 이상할 지경이었다.

저도 모르게 눈꺼풀이 스르르 감기는 순간, 침대에서 벌떡일어나 머리를 흔들었다.

"지금 잠들면 시나리오고 뭐고 다 끝이야."

욕실로 들어가 세면대 수도꼭지를 돌렸다.

쏴아아아!

수도에서 찬물이 쏟아졌고 잠을 깨기 위해 그 물을 손바닥으로 받아 얼굴에 끼얹었다.

차가운 물을 뒤집어쓰자 잠이 확 달아났다.

노트북을 부팅시킨 후 펜션에 비치된 커피믹스로 커피를 한 잔 타서 탁자 앞에 앉았다.

향긋한 커피 한 모금을 넘기자 긴장과 피로가 사라졌다.

태수는 시나리오 책을 노트북 옆에 펼쳐 놨다. 시나리오를 읽어야만 영상이 분명하게 떠오르기 때문이다.

물론 시나리오를 읽지 않아도 웬만한 장면은 저절로 머릿속에 떠오르지만, 미세한 감정들까지 잡아내려면 시나리오를 읽으면서 작업하는 게 나을 것 같았다.

시나리오를 읽자마자 오프닝 장면이 선명하게 머릿속에 떠올랐다.

혜수 역할은 여전히 손예지였다.

특유의 생기 넘치는 눈빛과 톡톡 튀는 대사로 혜수의 캐릭터가 이전보다 밝아졌다.

엄마인 혜수 캐릭터가 밝아지자 나중에 악령에게 공격받을 때 호빈을 구하는 엄마의 모습이 훨씬 극적으로 느껴졌다.

태수는 저도 모르게 입꼬리를 올리며 키보드를 두들기기 시작했다.

타다다다다.

경쾌한 키보드 소리가 펜션 방 안에 조용히 울려 퍼졌다.

똑같은 장면이라도 박홍식 감독이 썼던 시나리오하고는 미세하게 차이가 났다. 이유는 엄마 역할이 손예지로 바뀌었기 때문이다.

혜수가 똑같은 행동을 하더라도 좀 더 손예지한테 어울리는 캐릭터가 되도록 시나리오를 수정했다. 시나리오를 읽으면 누가 봐도 손예지를 떠올릴 수 있도록.

다음으로 가족 간의 갈등 요소를 새롭게 추가시켰다.

물론 환상 속 영상에 나오는 장면이었고 이 갈등 장면 이후에 가족들이 악령에 맞서며 힘을 합치는 장면이 나오니까 가족애가 훨씬 감동적으로 느껴졌다.

태수는 잠시 눈을 감고 그 장면을 시나리오로 어떻게 표현할지 영상을 머릿속에 떠올렸다.

악령이 나타나기 전 으스스한 분위기 속에서 호빈이 무섭다고 안방 침실로 들어온다. 자기 방에 귀신이 있다고 하면서.

아빠인 민수가 호빈에게 세상에 귀신이 어디 있느냐면서 어서 자기 방으로 돌아가라고 호통을 친다.

하지만 혜수는 애한테 왜 소리를 지르냐며 오히려 민수에게 화를 내고는 자신의 베개를 들고 호빈의 방으로 가서 함께 잔다.

현재 시나리오에서는 이 장면에서 혼자 잠을 자던 호빈이 악령을 보고 놀라지만 영상 속에서는 혜수가 호빈의 방으로 가고 호빈과 함께 잠을 자던 혜수가 악령을 보게 된다.

이렇게 수정된 씬이 중요한 이유가 있다.

원래 시나리오에서는 호빈만 악령을 보면서 계속 모텔에 귀신이 있다고 주장을 하지만 가족들이 모두 무시를 한다.

수정된 사나리오에서는 혜수가 악령을 보게 되면서 혜수의 캐릭터가 강렬해지고 분량도 급격하게 늘어난다.

왜냐하면 혜수가 모텔에 악령이 있다는 걸 알게 되고 영신과 호빈을 보호하기 위해 혼자 동분서주하는 장면이 대폭 추가되기 때문이다.

또한 이전에는 가족들이 수동적으로 악령에게 공격을 받는 이야기였다면, 수정된 시나리오에서는 혜수가 능동적으로 악령과 맞서서 싸우는 모습을 보여 줌으로써 캐릭터와 이야기가 훨씬 매력적으로 변하게 된다.

이전 시나리오와 비교하면 혜수의 역할이 확실하게 늘어나고 손예지의 원 톱 주연 영화로 바뀌는 것이다.

시나리오를 쓰다 보니 저도 모르게 최종 완성 영화하고 조금은 다른 표현들이 들어갔다.

그런 부분들은 태수가 생각했을 때 더 낫다고 판단해서 집어넣은 내용들이었다.

정말 그렇게 푹 빠져서 시나리오를 쓰다 보니 저도 모르게 배우들의 대사를 따라 하면서 자연스럽게 연기를 하고 있는 자신을 발견했다.

영화감독들이 연기 지도를 할 때 배우 못지않게 실감나는 연기를 하는 이유를 비로소 알 것 같았다.

그렇게 정신없이 시나리오 작업에 몰두하다 보니 날을 꼬박 세워 오후 3시가 조금 넘었을 때 수정고가 나왔다. 생각보다 더 빠른 작업 속도였다.

태수는 곧바로 스크립터 민자영에게 전화를 했다.

"혹시 인쇄를 할 만한 데가 있을까요?"

―프린트요?

"네."

―그거 저희 방에 있어요. 203호로 건너오세요.

"예, 고마워요."

태수가 노트북을 들고 203호로 건너갔다.

똑똑똑.

방문이 열리고 민자영이 말했다.

"들어오세요."

방에 다른 스태프들도 있는 줄 알았는데 민자영 혼자 있었던 모양.

"다른 스태프들은?"

민자영이 쓸쓸하게 웃으며 말했다.

"다들 서울 올라갔어요."

"예? 왜요?"

"어차피 영화 엎어졌는데 여기 있어 봤자 진행비만 나가니까. 지금 스태프 중엔 제작부랑 저만 남은 거예요. 아참, 대표님하고 감독님은 계시고요. 두 분은 어제 새벽까지 술 마셨는데 아마 지금도 주무시고 계실 거예요."

어쩐지 평소 왁자지껄하던 펜션이 너무 조용하다 싶었다.

"근데 무슨 프린터예요?"

"아, 그냥 뭐 좀 뽑으려고요."

"아, 네. 파일을 제 이메일로 보내 주실래요?"

태수가 노트북을 부팅시키고 '모텔 파라다이스 수정고'라는 제목의 파일을 민자영 이메일로 보냈다.

메일을 열고 파일 제목을 본 민자영의 눈이 휘둥그레졌다.

"어? 이게 뭐예요?"

어차피 인쇄도 해야 하고 시나리오가 확정되면 가장 먼저 스크립터가 알아야 하니까 비밀로 하는 것보다 말을 하는 게 나을 것 같았다.

"그냥 제가 한번 시나리오를 수정해 봤어요."

민자영의 눈이 이전보다 더 커졌다.

"예에? 왜요? 영화 엎어졌잖아요."

"아직 확실한 건 아니죠. 시나리오를 수정해서 잘 나오면 영화를 다시 촬영할 수도 있지 않을까요?"

역시나 민자영은 황당한 표정으로 말끝을 흐렸다.

"영화 재촬영은 시나리오 문제가 아닌 것 같은데……."

"그냥 영화가 아까워서 뭐라도 해 보려고 써 본 거니까 그냥 뽑아 줘요."

"아, 네. 물론이죠."

당연히 민자영은 무슨 소린지 모르겠다는 표정으로 컴퓨터의 인쇄 버튼을 눌렀다.

드르륵…… 드르륵…… 드르륵.

태수의 머릿속에만 존재하던 〈모텔 파라다이스〉의 수정고가 A4 용지에 인쇄되어 밖으로 토해져 나왔다.

그리고 이왕 이렇게 모든 사정을 털어놨으니 대표님이나 감독님한테 보이기 전에 민자영에게 시나리오를 읽게 해서 감상을 들어 보고 싶었다.

재촬영 여부를 떠나 최소한 이전 시나리오보다는 확실하게 좋다는 반응이 나와야 투자사를 설득할 수 있을 테니까.

그리고 어차피 대표님과 감독님한테 저녁 6시까지 시나리오를 완성하겠다고 했으니 시간도 남아 있었고.

모든 시나리오가 출력이 되어 눈앞에 가지런히 놓였다.

"혹시 이 시나리오 한번 읽어 줄 수 있어요?"

"네? 이 시나리오를요?"

어차피 영화로 만들어질 것도 아닌데 굳이 읽을 필요가 있냐는 표정.

"부탁드릴게요. 저한테는 중요한 일이라서. 만약 읽다가 재미없으면 그만 읽으셔도 돼요."

민자영이 잠시 생각하다가 말했다.

"그럼 줘 보세요."

"고마워요. 다 읽으면 연락 줘요."

태수는 민자영에게 시나리오를 건네고 자신의 방으로 돌아왔다.

소설이든 시나리오든 처음 평가받을 때의 긴장과 초조함은 겪어 보지 않은 사람은 알 수가 없다.

물론 태수는 다른 작가들과 입장이 조금 다르다.

비록 몇몇 부분은 자신의 아이디어가 들어갔지만 대부분은 영상을 보고 쓴 시나리오이기 때문에 자신의 작품이라고 할 수는 없었다.

그럼에도 불구하고 긴장이 되는 건, 자신이 본 영상이 미래의 예지라는 확신을 얻고 싶었고 그를 위해서는 당연히 이번 수정고가 오리지널 시나리오보다 월등히 재미가 있어야 하기 때문이다.

그렇게 1시간 남짓 흘렀을까, 누가 방문을 두드렸다.

똑똑똑.

"네, 들어오세요."

뜻밖에도 민자영이 품에 원고를 안고 얼굴을 들이밀었다.

"들어가도 돼요?"

"그럼요."

민자영이 방에 들어와 앉아 꺼낸 첫마디는 이랬다.

"너무 아까워요."

"예?"

"영화 엎어지기 전에 배우들한테 이 시나리오를 돌렸으면 캐스팅도 훨씬 잘됐을 거예요. 배우들은 출연료도 중요하지만 시나리오가 재미있으면 하거든요. 그럼 투자도 규모 있게 받았을 테고. 전 촬영 시나리오보다 작가님이 쓴 이 수정고를 훨씬 재미있게 읽었어요."

그 소리를 듣는 순간 저절로 주먹이 불끈 쥐어졌다. 일단 첫 번째 단추는 잘 끼운 것 같았다.

"다행이네요. 재미있게 읽었다니까."

스크립터들은 스태프들 중에서 시나리오를 잘 분석하는 스태프에 속한다. 그런 민자영이 재미있게 읽었다면 안심해도 될 것 같았다.

"소설가라고 들었는데 시나리오를 어떻게 이렇게 잘 쓰세요? 원래 시나리오를 쓰셨어요?"

"아뇨, 이번에 처음 써 본 거예요."

민자영이 거짓말하지 말라는 투로 눈을 살짝 흘겼다.

"하지만 어떡해요, 지금은 아무리 시나리오 재미있게 써도 영화 못 들어갈 텐데."

"일단 자영 씨가 재미있게 읽었다니 그걸로 만족해요. 근데 대표님이랑 감독님 지금쯤 일어나셨을까요?"

"아까 복도에서 대표님 소리 나던데 아마 일어나셨을 거예요. 가 보세요."

"아, 예. 고마워요."

방을 나가려던 민자영이 돌아서서 말했다.

"참, 거기 혜수 역할 혹시 어떤 배우 염두에 두고 쓴 거예요?"

"왜요?"

"시나리오 읽는데 계속 손예지가 떠올라서요. 그럴 리는 없겠지만 손예지가 출연한다면 정말 영화 대박 날 것 같은데."

"사실은 손예지 생각하면서 쓴 시나리오 맞아요. 제가 손예지를 워낙 좋아해서."

"어쩐지. 혜수는 그냥 딱 손예지던데요?"

민자영이 아쉬운 표정을 잔뜩 머금은 얼굴로 방문을 닫았다.

태수는 프린트한 시나리오를 들고 감독 방을 찾았다.

박홍식 감독이 부스스한 얼굴로 방문을 열었다.

"어, 장 작가."

태수가 거두절미하고 프린트한 시나리오를 내밀었다.

"어제 말씀드린 시나리오입니다."

박홍식 감독이 무슨 소리냐는 표정으로 태수를 보다가 뒤늦게 생각난 듯 말했다.

"아, 맞다. 어제 시나리오 수정한다고 했었나?"

"예, 수정한 시나리오입니다."

박홍식 감독이 전혀 기대하지 않는 눈빛으로 복사 용지를 후루룩 넘겨보곤 말했다.

"그래, 알았어. 읽어 볼게. 하지만 기대는 하지 마. 지금은 시나리오 수정해서 해결될 수 있는 문제가 아니니까."

"어제 감독님이 그러셨죠? 만약 손예지를 캐스팅한다면 영화를 살릴 수 있다고."

"어? 어, 내가 그랬나?"

"예, 어제 분명히. 그 얘기 지금도 유효한 건가요?"

"정말 진지하게 묻는 거야?"

"그럼요. 이렇게 시나리오도 써 왔잖아요."

박홍식 감독이 도무지 헷갈린다는 표정으로 태수를 보다가 말했다.

"좋아. 솔직히 100퍼센트 장담한다는 건 거짓말이고. 90퍼센트는 장담할 수 있어."

"그럼 배우 한 명 캐스팅하면 엎어진 영화를 살릴 수가 있는 거네요."

박홍식 감독이 갑자기 벽에 대고 손가락으로 글자를 그리며 말했다.

"자, 봐 봐. 우리 영화 순제작비가 6억이야. 마케팅하고 배급까지 다 합치면 총제작비가 16억."

"예에? 제작비가 6억인데 마케팅, 배급비가 16억요? 어떻게 그럴 수가 있어요?"

"그럴 수가 있어. 제작비가 적은데 마케팅, 배급 비용까지

적으면 영화가 흥행할까? 그래서 영화는 제작비가 적어도 마케팅, 배급 비용은 일반 영화와 똑같이 드는 거야. 그래서 투자사에선 저예산이라고 꼭 좋아하는 게 아냐."

태수가 그제야 고개를 끄덕였다. 영화판은 알면 알수록 외부에서 생각하던 상식과 너무도 다른 점이 많았다.

"본론으로 돌아와서 6억짜리 영화에 손예지가 출연한다고 치자. 손예지는 현재 우리나라 여배우 중에서 그야말로 톱클래스야. 편당 출연료는 4-5억 정도고."

"맙소사. 손예지 한 사람 출연료가 우리 영화 순제작비하고 비슷하네요?"

"그렇지. 왜 그렇겠어? 물론 배우의 티켓 파워도 있겠지만 손예지가 출연한다는 사실만으로도 마케팅 홍보가 되는 거야. 그 비용을 생각하면 출연료가 결코 비싼 게 아니지."

"무슨 소린지 알겠어요. 결국 손예지만 출연하면 우리 영화를 살릴 수가 있다는 얘기네요?"

박홍식 감독이 고개를 흔들었다.

"그건 반대로 말하면 손예지가 우리 영화에 출연할 가능성이 거의 없다는 소리기도 해."

"시나리오만 좋으면 저예산이라도 출연하지 않을까요?"

"그게 그렇게 간단치가 않아. 배우가 혼자 출연할 작품을 고르는 게 아냐. 시나리오를 주면 소속사에서 먼저 본다고. 소속사 입장에서 굳이 이미지에 도움이 안 되는 공포 영화에, 그것도 귀신 때문에 난리가 나서 엎어진 영화에 출연시키려고 하겠어? 우리가 시나리오를 준다고 해도 손예지한테 전해지질 않는다고."

그야말로 산 넘어 산이라는 말이 실감이 났다.

그렇다고 포기할 생각은 추호도 없었다.

〈모텔 파라다이스〉는 분명히 완성이 되어 개봉을 한다. 손예지도 그 영화에 출연을 하고. 아니, 손예지가 출연했기 때문에 영화가 다시 만들어질 수 있었겠지만.

"아무튼 수정한 시나리오나 한번 읽어 봐 주세요."

"그래, 읽어는 볼게. 하지만 기대는 1도 하지 마. 우리 영화에 손예지 출연시킨다는 건 그냥 꿈이니까."

"원래 영화가 꿈을 찍는 것 아닌가요?"

말은 그렇게 했지만 박홍식 감독과 헤어져서 돌아서는데 기운이 쪽 빠졌다.

조진호 대표 방에 들어갔더니 대표님이 없어서 방에 시나리오를 두고 포스트잇으로 메모를 남겼다.

시나리오는 건넸지만 왠지 조진호 대표와 박홍식 감독이 시나리오를 제대로 읽을 것 같지 않았다.

두 사람 모두 절망에 빠져서 시나리오보다는 술이 더 고픈 사람들일 테니까.

펜션 복도를 지나는데 제작부 스태프들이 펜션을 떠나기 위해 짐을 챙기는 모습이 보였다. 그들 중에 한상훈 피디와 민자영의 모습이 보였다.

"작가님, 지금 서울 가실 거죠?"

"예."

"저희 차 타고 같이 가요."

"어? 그래도 돼요? 자리 있어요?"

"예. 같이 타고 올라가세요."

교통편이 마땅치가 않아서 터미널까지 나가 버스를 타고 올라갈까 생각 중이었는데 잘됐다 싶었다.

제작부 막내가 운전하는 스타렉스에는 민자영과 제작부장, 제작부원 두 명 그리고 한상훈 피디가 탔고 거기에 태수가 꼽사리를 꼈다.

차가 출발하자마자 제작부 두 명은 피곤했는지 일찌감치 곯아떨어졌다.

민자영이 문득 생각이 난 듯 말했다.

"참, 한 피디님. 오늘 〈조용한 절규〉 뒤풀이 간다고 했죠?"

"어, 근데 왜?"

"거기 한 명 더 데려갈 수 있어요?"

"뭐, 딱히 상관은 없는데. 왜, 너 가고 싶어서 그래? 가만 보니까 전우성 보고 싶어서 그러는구나?"

"그게 아니라……."

민자영이 태수를 돌아보고 물었다.

"작가님."

"예?"

"손예지 보러 갈래요?"

"예? 어떻게요?"

"오늘 저녁에 손예지가 주연한 〈조용한 절규〉 VIP 시사회 끝나고 뒤풀이하거든요. 거기 가면 손예지 볼 수 있는데."

"어, 정말요?"

민자영이 한 피디를 돌아보고 애교스럽게 말했다.

"한 피디님, 괜찮죠?"

"어, 나야 괜찮지. 뒤풀이 가면 어차피 누가 누군지 알지도 못하는데 뭐. 근데 작가님이 손예지를 엄청 좋아하나 보죠?"

"아, 그게 그러니까……."

태수가 말을 더듬자 민자영이 끼어들어서 설명을 했다.

작가님이 이번에 영화 엎어지는 게 아쉬워서 자기가 시나리오를 수정해서 다시 썼다. 근데 혜수 역할로 손예지를 생각하고 썼는데 너무 잘 어울리고 촬영본보다 재밌더라. 그래서 손예지를 직접 보고 싶어 하는 것 같더라.

반은 맞고 반은 틀린 얘기지만 아무려면 어떠랴. 손예지를 볼 수 있다는데.

지금은 어떤 식으로든 손예지와 접촉을 해야만 한다.

손예지의 실물만 볼 수 있다면 사이코메트리를 통해 접근할 수 있는 단서를 찾을지도 모르고.

"아, 머리야."

조진호 대표가 머리를 부여잡고 펜션 방으로 들어섰다.

원래 술을 좋아하는 편은 아니지만 어제는 제정신으로는 도저히 잠을 잘 수가 없었다.

조진호는 미국 뉴욕에서 영화를 공부한 유학파로 외국에서 저예산 공포 영화가 잇달아 성공하는 걸 보고 한국으로 돌아와 공포 영화 전문 제작사를 차리기로 마음을 먹었다.

쏘우와 컨저링 시리즈를 제작해서 세계적인 감독 반열에 오른 말레이시아 영화감독 제임스 완을 롤 모델로 공포 영화의 불모지라고 할 수 있는 한국에서 공포 영화 전문 제작사로 성공하고 싶었다.

이전에 제작한 공포 영화 두 작품은 손익분기점을 넘기지 못했다. 덕분에 적지 않은 빚을 졌고 살던 집도 팔아서 전세로 옮겨야 했다.

아내와 아이들에게 면목이 없었지만 영화는 한 방이라는 생각으로 세 번째 작품을 기획했다.

그 작품이 이번 〈모텔 파라다이스〉다.

기획의 시작은 이 근처에 산행을 왔다가 우연히 전해 들은 괴담이었다.

끊임없이 사람이 죽어 나가는 버려진 모텔.

모텔을 관리하러 들어왔던 일가족의 가장은 나머지 가족을 죽이고 자신은 스스로 목숨을 끊었다.

말만 들어도 섬뜩한 한기가 드는 스토리였다.

괴담인데 실화이기도 한 그 얘기에 이끌려서 조진호는 직접 모텔 파라다이스를 찾았고, 소름 끼치게 음산한 모텔의 외관을 보는 순간 흔히 말하는 촉이 왔다.

이건 된다!

가장 큰 난관이라고 생각했던 모텔 주인의 허락도 어렵지 않게 받았다.

조진호는 곧바로 고등학교 후배이자 평소 친하게 지내던 박흥식 감독을 불러냈다.

박흥식 감독은 독립 영화인 〈새벽달〉이라는 미스터리 영화를 연출해서 호평을 받았다.

〈새벽달〉은 미스터리이면서 공포적인 요소를 가지고 있어서 조진호도 무척 재미있게 봤던 작품이었다.

박흥식 감독은 마침 상업 영화 감독 데뷔를 준비하고 있었다.

그는 조진호로부터 모텔 파라다이스 얘기를 듣고는 그 자리에서 하겠다는 의사를 밝혔다.

둘은 곧바로 시나리오 작업에 들어갔다.

시나리오가 아주 만족할 만한 수준으로 나온 건 아니지만 그동안의 한국 공포 영화에 비하면 충분히 경쟁력이 있다는 확신이 들었다.

저예산이지만 투자도 받았고 캐스팅도 이갑수와 소영희

정도의 배우들이 붙었으니 성공적이었다.

운만 조금 따른다면 제대로 된 공포 영화로 흥행을 할 수 있겠다는 기대감이 들었다.

하지만 촬영이 시작되면서 불길한 기운이 드리우기 시작했고 어젯밤 그 예감은 현실이 됐다.

어젯밤 일어났던 일을 생각하면 아직도 몸이 떨렸다.

그동안 수많은 공포 영화에서 봤던 무서운 장면들이 눈앞에서 일어났다. 악몽도 그런 악몽이 없었다.

하지만 진짜 악몽은 지금부터 자신이 겪게 될 현실이다.

천재지변이든 뭐든 제작사는 계약대로 영화를 완성할 책임이 있다. 순제작비 6억 원의 손실은 고스란히 자신이 떠안아야 하는 빚이 됐다.

뭘 해야 할지 몰라 허탈하게 방 안을 훑던 그의 시야에 테이블에 올려진 60여 장의 A4 용지가 들어왔다.

표지에는 '모텔 파라다이스(수정고)'라는 제목이 인쇄되어 있고 그 아래 노란 포스트잇이 붙어 있었다. 태수가 읽으라고 주고 간 원고다.

원고를 보는데 한숨부터 흘러나왔다.

"후우."

농담인 줄 알았는데 정말로 시나리오를 써 왔다. 다른 건 몰라도 열정 하나는 인정해야만 할 것 같았다. 불과 하루도 안 되는 시간에 시나리오를 수정해서 가져왔으니까.

물론 보나 마나 원고는 아마추어 수준일 테지만.

박홍식은 고개를 흔들었다.

열정이 넘치는 건지, 무모한 건지.

어떻게 이런 상황에서 시나리오 수정해서 손예지를 캐스팅할 수 있고 엎어진 영화를 다시 살릴 수 있다는 생각을 할 수가 있는지.

한국 장르문학 공모대전에서 소설 부문 대상을 탔다고 시나리오까지 잘 쓸 수 있다는 생각을 하다니, 저도 모르게 쓴웃음이 나왔다.

아무래도 강민지 씬에서 태수가 낸 아이디어를 받아들이면서 칭찬을 했던 게 그런 오만한 마음을 품게 만든 것 같았다.

'영화가 그렇게 만만해 보이나?'

박홍식은 침대 위에 던져 놓은 수정고를 신경질적으로 집어서 휴지통에 처박은 후 짐을 마저 싸기 시작했다.

똑똑똑.

"누구세요?"

방문을 열자 얼굴이 살짝 상기된 조진호가 서 있었다.

"형, 표정이 왜 그래?"

조진호가 다짜고짜 물었다.

"장태수 작가가 너한테도 원고 줬니?"

"원고? 아…… 자기가 시나리오 수정했다는 거? 어, 받았어. 왜?"

"읽어 봤어?"

"읽어 보긴 뭘 읽어 봐. 젊은 애가 치기 어린……."

"당장 읽어 봐."

"뭐?"

"수정고 당장 읽어 보라고."

박흥식이 황당한 표정으로 물었다.

"아니, 이 시점에서 그걸 왜 읽어 보냐고. 시나리오 수정해서 뭐 하게?"

"일단 읽어 보고 얘기하자. 다 읽으면 연락해. 방에 있을 테니까."

조진호가 방문을 닫았다.

박흥식은 잠시 멍한 기분으로 서 있다가 고개를 갸웃했다.

'대체 저 형이 왜 저러지?'

고개를 돌리자 휴지통에 처박힌 원고들이 보였다.

"후우."

한숨을 내쉰 박흥식이 휴지통에 처박은 원고를 다시 꺼내 들었다.

'뭐가 어떻다는 거야?'

표지를 넘기자, 오프닝 씬이 나왔다. 자신이 썼던 원고와 다를 바가 없었다.

그렇게 한 장, 한 장 원고를 넘기기 시작했다.

다른 기대가 있어서가 아니라 조진호가 왜 저러는지 이유가 궁금했던 것이다.

그렇게 원고를 넘기는 박홍식의 손길이 점점 빨라졌다.

잔잔하던 눈빛에서 이채가 번뜩이기 시작했다.

자신의 오리지널 시나리오를 기초로 수정한 원고인데 크게 달라진 부분이 없음에도 전혀 다른 시나리오를 읽는 것 같았다.

캐릭터도 훨씬 입체적이고 딱히 무서운 장면이 들어간 것도 없는데 이전보다 공포의 강도도 훨씬 강해졌다.

'뭐지? 대체 뭐가 변한 거야?'

가장 눈에 띄는 변화는 24씬이었다. 오리지널 시나리오에서는 없던 24씬이 들어가면서부터 시나리오의 분위기가 확연히 달라졌다.

24씬은 호빈이 무섭다고 민수와 혜수가 자는 침실로 베개를 들고 들어오는 장면.

호빈이 무섭다면서 민수, 혜수와 같이 자겠다고 징징거리고 민수는 혼을 낸다.

결국 민수와 혜수가 말다툼을 벌이고 혜수는 베개를 들고 호빈의 방에 가서 함께 잔다.

'딱히 임팩트도 없는데 왜 이런 불필요한 씬을 넣었을까?'

의아하게 읽던 박홍식의 눈이 번쩍 뜨인 건 다음 씬이었다.

혜수가 호빈의 방에서 함께 자는데 악귀가 나타나고 혜수
가 그 악귀를 본다.

자신의 시나리오에서는 호빈이 악귀를 봤지만 수정고에서
는 혜수가 본다.

그 한 장면의 차이로 이후 시나리오는 완전히 분위기가 달
라졌다.

오리지널에서는 호빈 혼자 악귀를 보고 무서워하지만 아
이라는 한계가 있다 보니 영화 전체에 미치는 임팩트가 미미
했다.

근데 혜수가 악귀를 보게 되면서 긴장과 공포의 감정이 확
올라갔다.

악귀의 존재를 알아차린 혜수는 민수와 영신까지 모아 놓
고 이렇게 말했다.

-이곳에 악귀가 있어.
-하지만 우린 이 모텔을 나갈 수가 없어.
-왜냐하면 우리가 이틀 동안 이 모텔에서 버텨야만 돈을
받을 수 있기 때문이야.
-우린 악귀와 싸워서 이겨야만 해.
-그래야만 돈을 받을 수 있어.

이 씬에서 혜수의 대사는 돈이 필요한 가족들의 안타까운

사정을 관객들에게 절절하게 전달함으로써 제대로 마음을 울린다.

또한 오리지널 시나리오는 가족들이 수동적으로 악귀의 공포에 시달리는 흐름으로 일관했는데, 수정고는 가족들이 똘똘 뭉쳐서 적극적으로 악귀에 대항하는 모습이 그려졌다.

관객들은 저도 모르게 혜수 가족을 응원하게 되고, 그 과정에서 가장 돋보이는 인물은 역시 혜수다.

그리고 시나리오를 읽는 내내 혜수 역할로 떠오르는 배우가 있었다.

다름 아닌 손예지였다.

시나리오를 다 읽고 난 박흥식은 흥분을 참을 수가 없었다. 그는 곧바로 방을 나가서 조진호의 방문을 두드렸다.

방문을 연 조진호가 박흥식의 표정만 보고도 알겠다는 듯 물었다.

"대단하지?"

"이 친구 뭐야? 아니, 시나리오가 무슨 노련한 중견 감독이 쓴 것 같아. 게다가 시나리오에 콘티가 다 들어가 있어. 마치 눈앞에서 영상을 보면서 쓴 것처럼. 콘티 짤 것도 없어. 시나리오대로만 찍으면 될 것 같아."

"그것보다 더 놀라운 게 뭔지 알아? 이 시나리오를 단 하루 만에 썼다는 거야."

박흥식의 얼굴이 허옇게 변했다.

"미쳤네. 아, 진짜 자괴감 느껴지네. 형, 이 영화 연출 이 친구한테 맡겨야 하는 거 아냐? 연출하면 나보다 잘할 것 같은데?"

"그건 아니지, 오리지널 시나리오는 네가 쓴 건데. 아무튼 그게 중요한 게 아니고. 어떻게 생각하냐?"

"뭘?"

"혜수 역할에 손예지, 그냥 딱 떠오르지?"

"떠오르는 정도야? 혜수는 그냥 손예지던데. 이 친구 혹시 손예지하고 아는 사이 아냐? 손예지를 모르면 절대 그렇게 쓸 수가 없을 텐데."

조진호도 연신 고개를 끄덕였다.

"가능성이 있을까? 장 작가가 했던 말. 시나리오로 손예지 캐스팅해서 다시 투자받겠다던 말 있잖아."

박홍식이 양손으로 마른세수를 하고는 잠시 생각에 잠겼다.

"한번 시도는 해 볼 만하지 않아? 내가 손예지라면 이 영화 하고 싶을 것 같아. 아무리 저예산이고 공포 영화라도."

"그렇지? 내 생각도 그렇긴 한데, FNH 서영욱 대표가 동의하겠냐고. 오늘 벌써 여기서 일어났던 일 기사로 막 올라오던데."

"참, 장태수 이 친구는 서울 올라갔나?"

압구정동의 한 루프탑 술집.

"이쪽으로 오세요, 작가님."

한 피디의 안내에 따라 계단을 올라가자 하늘이 올려다보이는 옥상에 테이블을 갖춘 공간이 나타났다.

일명 루프탑이라 부르는 술집.

밤하늘을 배경으로 예쁜 조명들이 밝혀진 공간에 대략 40-50명의 사람들이 어울려서 술잔을 기울이고 있었다.

영화 〈조용한 절규〉 시사회를 마치고 뒤풀이를 하는 배우들과 스태프들, 영화 관계자들, 기자들이이었다.

한 피디가 안으로 들어서자 여기저기서 알은체를 하는 사람들이 손을 들었다.

한 피디가 발이 넓은 것 같았다.

'세상에, 텔레비전에서 보던 배우들의 얼굴을 이렇게 흔하게 볼 수 있다니.'

그야말로 고개만 돌리면 익숙한 배우들의 얼굴이 시야에 들어왔다.

한 번도 이런 뒤풀이에 온 적이 없었기 때문에 어떤 자리에 앉아야 할지도 몰라 엉거주춤 서 있는데, 다행히 한 피디가 와서 테이블로 안내를 해 줬다.

"작가님, 여기 앉아서 술 한잔하고 계세요. 제가 인사만

하고 금방 올게요."

"아니에요, 한 피디님. 저 신경 쓰지 마시고 그냥 볼일 보세요."

"아, 네. 참 그리고……."

한 피디가 갑자기 목소리를 낮춰서 귀에 대고 속삭였다.

"손예지는 바로 옆쪽에 있어요."

"예?"

옆으로 고개를 돌리던 태수의 숨이 턱 막혔다. 바로 테이블 하나 건너에 손예진이 앉아 있었던 것이다.

가만 보니 일부러 한 피디가 배려해서 자리를 잡아 준 것 같았다.

"고마워요, 한 피디님."

"네. 그럼 전 인사 좀 하고 올게요."

한 피디가 가고 다시 한번 손예지를 슬쩍 훔쳐봤다.

손예지를 왜 여신이라고 하는지, 대한민국 최고의 여배우라고 하는지 비로소 알 것 같았다. 주위가 환하게 빛이 난다고 할까.

지금까지 봐 왔던 일반 연예인들하고는 차원이 다른, 여신이라는 말이 절로 나오는 비주얼이었다.

소영희도 정말 미인이었는데, 손예지는 단순히 예쁘다는 차원을 넘어섰다.

투명한 피부, 특유의 눈웃음, 조각 같은 이목구비.

저런 손예지가 모텔 파라다이스의 혜수 역할을 맡는다는 상상을 하는 것만으로도 심장이 뛰었다.

"후우."

가운데 다른 테이블이 하나 있긴 했지만 불과 4-5미터의 거리. 알아듣진 못하지만 목소리까지 어렴풋이 들릴 정도의 가까운 거리다.

'흥분하지 말고 침착하자. 어쨌든 이곳에 연예인 구경하려고 온 건 아니니까.'

손예지는 소속사 관계자로 보이는 남자와 앉아서 무슨 얘기인가를 나누고 있었다.

무슨 안 좋은 얘기를 하는지 손예지가 연신 맥주를 들이켰고 표정도 그리 밝아 보이지 않았다.

'오늘 영화 반응이 좋지 않았나? 근데 손예지와 얘기를 나누는 저 남자는 누구지?'

궁금한 마음에 할 수만 있다면 잔류사념으로 둘이 무슨 얘기를 했는지 알아보고 싶은데, 잔류사념을 읽든 속마음을 읽든 손예지 가까이 가야 한다는 것.

일반인이라면 상관없지만 아무리 뒤풀이라도 손예지에게 함부로 다가갔다간 괜한 오해를 살 수가 있을 것 같고.

'어떡하지?'

그때 노인의 목소리가 들려왔다.

-지금 앉아 있는 곳에서 사이코메트리를 사용해 보게.

'예? 이렇게 멀리서요?'

-모르긴 몰라도 이번에 백귀의 귀기를 흡수했으니 영능력도 진화를 했을 것이네. 백귀의 귀기를 흡수했을 때 나타났던 메시지 중에서 '영능력에 신성한 칠성의 기운이 내렸습니다.'라는 메시지 기억나나?

'예, 기억나요. 그런 메시지가 떴었어요.'

-그건 영능력이 이전보다 더 진화를 했다는 소리야. 한번 시도를 해 보게.

'설마 여기서 사이코메트리를?'

백귀의 귀기를 흡수해서 당분간은 귀기를 걱정하지 않아도 되는 상황. 어차피 본전이라는 심정으로 손예지가 있는 방향으로 손바닥을 펴서 주문을 읊었다.

'사이코메트리.'

화르르르륵.

놀랍게도 노인의 말처럼 정말로 허공이 흔들리며 흐릿하게 영상이 나타나기 시작했다.

'세상에…… 되잖아.'

손예지와 그 앞에 앉아 있는 남자의 모습이 바로 눈앞에 있는 것처럼 허공에 나타나며 소리가 들려왔다.

남자가 손예지를 보고 달래듯 말했다.

"내가 보기엔 괜찮았어. 예지 씨 연기 훌륭했다고."

손예지가 고개를 흔들며 말했다.

"위로해 줄 필요 없어요, 한 실장님. 이번 작품은 제 커리어에서 최악의 작품이 될 거예요. 시사 끝나고 기자들 생뚱맞은 표정 못 봤어요? 질문도 거의 안 했잖아요."

"딱히 질문할 게 없었을 수도 있지. 질문이 많이 나오는 영화가 반드시 좋은 영화는 아니잖아."

"지금 그걸 말이라고 하세요? 저 처음부터 이 영화하기 싫다고 했죠? 시나리오도 영 아니고 감독도 별로고. 근데 실장님하고 대표님이 밀어붙인 거잖아요, 후우."

손예지가 속이 타는지 맥주를 벌컥거리고 마셨다. 그 모습조차 영화의 한 장면처럼 보일 정도로 애절했다.

오늘 〈조용한 절규〉 영화를 보진 못했지만 손예지는 영화와 자신의 연기가 전혀 마음에 들지 않는 모양이었다.

한 실장이 달래듯 말했다.

"예지 씨, 요즘 충무로에 여배우가 할 만한 역할 많이 없어. 이번 배역도 충무로에 날고 기는 여배우들이 서로 하겠다고 경쟁을 펼쳤던 배역이야."

손예지가 실장을 보고 말했다.

"그럼 앞으로 그런 배역은 하고 싶어 하는 여배우들한테 주세요, 저는 싫으니까. 그리고 여배우가 할 만한 좋은 시나리오 없으면 독립 영화든, 작은 영화든 괜찮으니까 차라리 그쪽으로 찾아봐 줘요."

손예지의 말에 태수는 저도 모르게 가방에 넣어온 모텔 파라다이스의 수정고 출력본을 만지작거렸다.

지금 이 수정본을 손예지한테 읽게 할 수만 있다면.

그때 실장이 말했다.

"예지 씨, 독립 영화는 독립 영화야. 감독도 신인 감독이라 검증이 되지 않았고 시나리오도 대중성이 없어. 연기에 대한 갈증이 많은 건 알겠는데 예지 씨는 대한민국 최고의 여배우라고. 예지 씨한테 어울리는 자리는 따로 있는 거야."

"저는 그런 것보다 제가 만족할 수 있는 연기를 하고 싶다고요."

손예지가 이마를 만지며 인상을 찡그렸다.

"모르겠어요. 요즘은 연기가 그다지 재미가 없어요. 들어오는 배역들도 다 거기서 거기고. 뭔가 새로운 에너지를 얻을 수 있는 역할을 해 보고 싶은데."

말을 하던 손예지가 티슈를 뽑아서 황급히 눈을 닦았다.

"아, 또 시작이야. 왜 또 갑자기 슬픈 생각이 들고 눈물이 나지?"

"예지 씨, 조금만 참아. 여기 기자들도 많고. 낮에 약은 먹었어?"

"자꾸 환자 취급하지 말아요. 먹었는데 전혀 효과가 없어요. 아무래도 우울증 아닌 것 같아요."

"우울증 맞아. 요즘 계속 힘든 일 많았잖아. 일단 다른 생각하지 말고 기자들 오면 인터뷰만 잘 끝내고 들어가자, 응?"

잔류사념의 영상은 거기서 끝이 났다.

지금은 실장이 어디를 가고 손예지 혼자 테이블에 앉아 누군가와 통화를 하고 있었다.

통화하는 표정만 봐도 지인에게 자신의 힘든 심경을 토로하고 있는 것 같았다.

손예지가 새로운 배역에 간절히 목말라 있다는 걸 알고 나자 마음이 더 급해졌다.

이제 30대 초반.

수많은 로맨스 영화의 주연을 맡았지만 항상 같은 이미지의 반복이었다.

그런 손예지가 공포 영화에서 엄마 역할을 맡는다는 사실만으로도 쇼킹한 뉴스가 아닐 수 없다. 손예지한테도 분명 새로운 활력이 될 테고.

오히려 나이가 많은 배우들은 엄마 역할을 맡으라고 하면 당연히 거부감을 보인다.

하지만 손예지처럼 젊고 최고의 자리에 있을 때 엄마 역할을 맡는 건 오히려 이미지에 플러스가 될 수 있다.

수정고로 찍은 환상 속 영화 속에서 손예지의 연기는 그야말로 날개를 단 것처럼 보였다.

여태껏 손예지한테서 보지 못했던 표정과 연기를 보는 재미만으로도 충분한 가치가 있었다.

손예지가 〈모텔 파라다이스〉 수정고를 읽기만 하면 분명 반응을 보일 것 같은데. 그렇다고 다짜고짜 가서 시나리오를 들이밀 수도 없고.

'어떡하지? 어? 근데 저게 뭐야?'

태수가 미간을 좁히며 손예지를 노려봤다.

손예지 주위를 맴도는 검은 기운.

'저거 귀기 아냐?'

이전에는 이렇게 바로 귀기를 알아보는 게 쉽지 않았는데, 모텔에서 퇴마행을 행한 후부터 일상에서도 귀기가 보이기 시작했다.

'귀기가 왜 손예진 씨 주위를 맴도는 거지?'

그저 우연히 그 주위에 머물고 있었다고 보기엔 부자연스러운 움직임이다.

태수가 조용히 주문을 읊었다.

'귀기탐색.'

화르르르륵.

허공에 지도가 나타났고 손예지가 앉아 있는 바로 옆에 붉은 점이 나타났다.

붉은 점의 크기로 봐서는 다행히 악귀나 원한령으로 보이지는 않았다.

'그럼 왜 손예지 주위를 맴도는 거지?'

그때 목 주위에 서늘한 느낌이 들면서 메시지가 떴다.

귀기를 접촉하였습니다.

고개를 돌려 보니 손예지 주위에 있던 검은 기운이 어느새 자신의 주위를 맴도는 게 보였다.

귀기탐색을 하면 영혼한테는 누가 자신을 부르는 소리가 들리는 현상 때문이다.

눈앞 허공이 흔들리며 흐릿하게 영혼이 스스로 모습을 드러내고 있었다. 뜻밖에도 백발이 성성하면서도 모습이 무척 고운 노파의 영혼이었다.

게다가 어디서 본 듯한 익숙한 얼굴.

노파가 비교적 또렷한 목소리로 물었다.

—혹시 날 찾은 사람이 그쪽인가요?

영혼에게서 악한 기운이 느껴지지 않아 경계심을 누그러뜨리고 대답을 했다.

'예, 맞습니다.'

—세상에, 내가 보이는군요?

'네, 제가 영혼을 볼 수 있는 능력이 있어서요.'

—그렇군요. 근데…… 왜 날 불렀나요?

'혹시…… 손예지 씨를 아세요? 아까부터 보니까 손예지 씨 주위를 계속 맴돌고 있는 것 같던데.'

—아…….

영혼이 깊은 한숨을 토해 내고는 말했다.

—알다마다요. 예지는 내 손녀랍니다.

'예에?'

태수가 놀라서 영혼을 다시 돌아봤다. 그러고 보니 손예지
와 무척 닮았을 뿐만 아니라 얼굴이 낯익은 이유도 알 것 같
았다.

이번에 손예지를 캐스팅하겠다는 포부를 가지면서 그녀에
대한 여러 자료를 검색해 봤다. 손예지의 인터뷰 중에 할머
니에 대한 내용이 있었다.

손예지는 어릴 적 부모를 잃어서 할머니 손에 키워졌다.
게다가 할머니 역시 예전에 꽤 유명한 배우였기 때문에 손예
지에게 할머니의 존재는 부모님 이상이었다.

배우의 길로 들어서게 된 것도 바로 할머니의 영향을 받았
다는 인터뷰.

그리고 최근 할머니가 돌아가셔서 많은 슬픔에 잠겨 있다
는 내용까지.

'이 영혼이 바로 그 손예지의 할머니라고?'

그런 태수의 눈에 영혼의 가슴에서부터 손예지의 가슴까
지 흐릿하게 이어져 있는 줄이 보였다.

소위 말하는 인연줄.

인연줄은 운명적으로 깊은 인연을 맺고 태어난 사람들에

게 서로 이어져 있다는 영적인 줄이다.

가족이나 부부, 절친 같은 사람들은 대부분 태어나면서부터 이런 인연줄로 묶이게 된다고 한다.

인연줄은 보통 사망하면 끊어지게 마련인데 손예지와 할머니는 아직도 인연줄이 이어져 있었다.

죽은 영혼과 인연줄이 이어져 있으면…….

'가만…… 혹시……?'

조금 전 손예지가 갑자기 눈물이 나고 우울해져서 우울증 약을 먹고 있다던 말이 생각났다.

평소 그토록 좋아했던 할머니가 돌아가신 데다 그 영혼과 인연줄이 계속 이어져 있다면 마음이 슬프고 우울해지는 건 당연한 일 아닌가.

인연줄이 이어져 있으면 영혼과 계속 감정이 연결되어 있다는 말이니까.

그럼 대체 왜 할머니가 돌아가신 후에도 둘 사이에 인연줄이 끊어지지 않았을까.

태수가 할머니의 영혼을 돌아보고 물었다.

'할머니, 혹시 손녀에 대해서 마음에 담아 둔 한 같은 게 있으세요?'

역시나 할머니의 영혼이 고개를 끄덕였다.

'그게 뭔지 저한테 말씀을 해 주실 수 있으세요?'

할머니 영혼이 눈물을 글썽이며 말했다.

—이번에 내가 뇌졸중으로 쓰러져서 누워 있을 때 예지가 촬영 도중에 중환자실로 찾아왔었어요. 그때 예지가 울면서 산소호흡기를 끼고 있는 내 귀에 대고 속삭이는 거예요. 절대로 자신을 떠나면 안 된다고. 내가 없으면 자기는 버틸 수가 없다고.

시나리오를 쓰면서 계속 상상을 한 탓인지 산소호흡기를 끼고 있는 할머니한테 눈물을 흘리며 속삭이는 손예지의 얼굴이 저절로 떠올랐다.

누군가 봤다면 그 어떤 슬픈 영화보다 더 절절하게 마음을 울렸을 장면이다.

할머니 영혼이 말했다.

—난 그때 예지한테 말해 주고 싶었어요. 할미가 없어도 혼자 잘할 수 있다고. 지금까지도 잘해 왔으니 앞으로도 잘할 수 있다고. 근데 그땐 기력이 없어서 아무런 말도 못 했어요. 지금이라도 예지한테 그 얘기를 해 줘야 하는데.

어떻게 된 일인지 대충 알 것 같았다.

손예지는 우울증이 아니라 돌아가신 할머니와 인연줄이 이어져 있어서 계속 슬픔의 감정에서 벗어나지 못하는 것이다.

손예지는 돌아가신 할머니에 대한 미련을 버리지 못했고 할머니는 손녀에게 해 주려는 말을 못 했기에 서로에 대한 애틋한 마음이 서로를 괴롭히는 결과로 이어진 것이다.

'할머니, 제가 손예지 씨한테 할머니의 마음을 전해 드릴까요?'

─그렇게만 해 준다면 내가 마음 놓고 예지 곁을 떠날 수가 있을 것 같아요.

'예지 씨 전화번호 알고 계세요?'

─알다마다요. 내 하나밖에 없는 손년데.

할머니가 손예지의 전화번호를 알려 주며 덧붙여 말했다.

─그 번호는 가까운 사람들만 사용하는 번호라서 다른 사람들은 몰라요.

태수가 심호흡을 하고 손예지를 돌아봤다.

마침 통화를 끝낸 손예지가 자리에서 일어나는 중이었다.

어쩌면 이 일이 손예지에게도 도움이 되고 〈모텔 파라다이스〉도 다시 투자를 받을 수 있는 계기가 될지도 몰랐다.

손예지가 스타크래프트 밴의 문을 열고 올라타자 차에 있던 매니저 창훈이 놀라서 돌아봤다.

"어? 누나, 인터뷰 벌써 다 끝났어요?"

"아니, 오늘 나 인터뷰 못 할 것 같아."

"예에? 지금 기자들 잔뜩 기다리는데 인터뷰를 못 하면 어떡해요? 오늘 언론 시사 한 날인데. 실장님은요?"

"몰라. 나 그냥 집에 가서 쉬고 싶어."

손예지는 금방이라도 울음이 터지려는 걸 가까스로 참고

있었다.

할머니가 돌아가신 후 갑자기 삶에서 길을 잃은 것처럼 어떤 일에도 의욕이 생기지 않았고 할머니에 대한 그리움에서 벗어날 수가 없었다.

우울증 약을 먹어도 전혀 도움이 되지 않았다.

하루하루가 끝없는 슬픔과 무기력증의 연속이었다. 앞으로 배우 일을 그만둬야 할지도 모르겠다는 두려움이 그녀를 더욱 힘겹게 만들었다.

카톡.

손예지는 휴대폰을 두 대 가지고 다닌다. 그중 가족들만 사용하는 휴대폰의 카톡이 울렸다.

휴대폰을 꺼내서 카톡을 확인한 손예지의 미간이 좁혀졌다.

안녕하세요, 저는 장태수라고 합니다. 저는 영적인 능력을 가진 사람입니다. 제가 우연히 손예지 씨의 할머니 영혼과 접촉을 했습니다. 할머니께서 손예지 씨한테 전할 얘기가 있다고 하시는데 혹시 시간을 내주실 수가 있는지요?

카톡을 확인한 손예지는 불쾌한 기분을 숨기지 못한 채 인상을 찡그렸다. 누군지 모르지만 돌아가신 할머니까지 이용해서 이런 장난을 치다니.

이 전화번호를 어떻게 알았는지 모르겠지만 이런 행동은 결코 용서할 수가 없었다.

"창훈아, 나 쓰레기 한 명 신고 좀 해야겠어. 이거 봐 봐. 대체 어떤 인간이기에⋯⋯."

카톡.

창훈에게 화면을 보여 주려던 손예지가 다시 카톡을 확인했다.

손예지 씨가 중환자실로 찾아와서 할머니의 귀에 속삭인 얘기 때문에 할머니의 영혼이 이승을 떠나지 못하고 있다고 합니다. 손예지 씨가 할머니에 대한 생각에서 벗어나지 못하는 이유도 우울증이 아니라 그것 때문이고요.

카톡을 보는데 손끝이 파르르 떨렸다. 중환자실로 찾아가서 할머니한테 자신의 마음을 속삭인 일은 아는 사람이 아무도 없기 때문이다.

그렇다고 해도 카톡을 보낸 사람이 정말로 할머니의 영혼을 만났다는 건 믿을 수가 없었다.

손예지가 넋이 나간 것처럼 휴대폰 액정을 바라보자 창훈이 물었다.

"누나 뭔데요? 저한테 보여 줘요. 그렇지 않아도 힘든 사람한테 어떤 쓰레기가⋯⋯."

손예지가 가만있으라고 손을 들고는 재빨리 자판을 두들겨서 카톡을 보냈다.

　　중환자실에서 제가 할머니한테 뭐라고 했는데요?

카톡.

　　할머니가 말씀하시길 손예지 씨가 절대로 자신을 떠나면 안되고 할머니가 없으면 버릴 수가 없다고 말했다네요.

카톡을 읽은 손예지는 한 손으로 자신의 입을 틀어막았다. 동공엔 금방 눈물이 글썽거렸다.
"말도 안 돼."
"누나, 왜 그래요?"
놀란 창훈의 물음도 무시하며 손예지가 다시 카톡을 보냈다.

　　지금 만날 수 있어요? 지금 어디에 있어요?

카톡.

　　영화 뒤풀이 열리는 압구정포차 건너편 카페요.

퇴마하는
톱스타

손예지가 카톡을 보냈다.

　지금 당장 갈게요.

카페에 들어서자 구석에 있던 남자가 손을 들었다.

이상한 사기꾼 같은 사람이 아닐까 걱정했는데, 대학생 같은 느낌의 편안한 인상이었다.

카페에 있던 사람들이 그녀를 알아보고는 놀란 눈으로 힐끔거렸다. 다행히 남자가 잡은 자리가 안쪽이라서 다른 사람들 시선을 피할 수가 있었다.

남자가 일어나서 인사를 했다.

"안녕하세요?"

남자의 나이가 자신보다는 한참 아래인 것 같아서 마음이 조금 편했다.

손예지는 남자와 인사를 나눌 겨를도 없이 다짜고짜 물었다.

"정말 우리 할머니를 만났나요?"

"네, 지금도 옆에 계세요. 여기 제 옆에서 손예지 씨를 보고 계세요."

손예지는 남자의 비어 있는 옆자리를 바라봤다.

"말도 안 돼."

"할머니가 그러시네요. 얼굴이 많이 핼쑥해졌다고."

손예지가 믿을 수 없다는 듯 고개를 흔들었다. 남자의 옆 자리는 그저 텅 비어 있을 뿐인데.

 남자가 말했다.

 "밤에 자기 전에 할머니 사진 좀 그만 보라고 하시네요. 어젯밤에도 날이 샐 때까지 앨범 꺼내 놓고 사진 보던데 그러지 말라고. 경복궁에서 함께 찍은 사진은 할머니도 좋아하는 사진이라고. 어젯밤에 그 사진을 많이 보셨나 봐요?"

 손예지는 너무 놀라서 입을 다물 수가 없었다. 영혼이 아니라면 결코 알 수 없는 일들.

 단 몇 마디 말만으로도 남자에 대한 모든 의심이 사라졌고 뺨을 타고 눈물이 주르륵 흘렀다.

 손예지는 남자의 옆에 비어 있는 허공을 향해 중얼거렸다.

 "할머니……."

 남자가 말했다.

 "할머니가 울지 말라고 하시면서 이 말을 꼭 전하고 싶으시대요. 할미가 없어도 혼자 잘할 수 있다고. 지금까지도 잘해 왔으니 앞으로도 잘할 수 있을 거라고. 중환자실에서는 기력이 없어서 이 말을 못 전했다고 하시네요. 그리고 이제 할머니를 놓아 달라고 하시네요."

 손예지는 흐르는 눈물을 닦을 생각도 하지 못한 채 할머니에게 하고 싶은 말을 쏟아 냈다.

퇴마하는 **톱스타**

남자는 할머니의 대답을 그런 손예지에게 전했다. 말하는 스타일이나 말투만 들어도 할머니가 저절로 떠올랐다.

남자는 할머니가 아니면 절대로 알 수 없는 얘기들을 전해 줬다.

손예지는 남자 옆에 정말로 할머니의 영혼이 있다는 걸 더 이상 의심하지 않았다.

태수는 할머니 영혼과 손예지의 얘기를 서로에게 전해 줬다.

거의 30분이 넘는 시간 동안 둘은 온갖 시시콜콜한 얘기부터 절절한 그리움을 주고받았다.

그 과정에서 태수는 자연스럽게 손예지의 깊은 속마음도 들여다볼 수가 있었다. 겉보기에 그토록 밝고 화사해 보이던 모습이 그녀의 전부가 아니라는 걸.

할머니가 말했다.

—이제 할미는 그만 가야 해. 내가 없어도 넌 뭐든 씩씩하게 잘 해낼 거야.

할머니의 영혼이 손예지에게 마지막 인사를 남기고 곁을 떠났다.

흐릿하던 인연줄이 스르르 허공으로 사라졌다.

할머니 영혼이 떠난 후에도 손예지는 쉽게 울음을 멈추지 못했다.

태수가 휴지를 건네자 손예지가 받아서 눈물을 닦았다.

슬픔과 우울증도 일종의 심리적 장애다.

태수는 흐느끼는 손예지를 응시하면서 칠성의 영능력 중 심리적 장애를 치유하는 영능력인 제1성 생기탐랑의 능을 불러냈다.

허공이 흔들리며 메시지가 떴다.

제1성인 탐랑성의 생기탐랑의 능이 작동합니다.

화르르르륵.

푸르스름한 기운이 손예지의 전신을 휘감았고 울음이 잦아들었다.

손예지가 태수를 바라보며 희미한 웃음을 머금고 말했다.

"이제야 마음이 홀가분해요. 마치 빗물에 찌꺼기들이 모두 씻겨 내려간 것처럼 개운하고. 이런 기분을 얼마 만에 느껴 보는지 몰라요."

손예지가 너무 많이 울어서 쑥스러운 듯 눈물이 그렁거리는 눈으로 농담처럼 말했다.

"나 얼굴 너무 못생겼죠?"

"아뇨. 여전히 아름다우세요."

손예지가 눈물을 닦고 차분한 음성으로 말했다.

"이름이 태수라고 했죠? 나이가 스물네 살이라고요?"

"네."

"오늘 처음 만났는데 나하고 10년 동안 일한 코디보다 더 친근하게 느껴져요. 이상하죠?"

당연한 일이다.

불과 30분의 시간이지만 태수가 자신의 목소리로 할머니의 말들을 전했고 손예지의 마음속 이야기를 모두 알게 됐으니까.

거기에 생기탐랑의 능을 통해 심리적인 치유까지 해 줬으니, 앞으로도 태수와 함께 있게 되면 편안한 기분과 긍정적인 에너지를 얻을 수 있다.

물론 앞으로 태수가 손예지와 다시 이렇게 마주할 일이 있을지는 모르지만.

"괜찮으면 앞으로 동생처럼 대해도 돼요? 난 형제가 없어서 늘 외롭거든요."

순간 태수는 자신의 귀를 의심했다. 다름 사람도 아닌 손예지가 자신을 동생으로 대하겠다니.

대답을 망설일 이유는 없었다.

"그럼요, 되고말고요."

손예지가 특유의 반달눈 웃음을 보이며 말했다.

"그럼 앞으로 편하게 말 놓는다, 장태수라고 했나?"

"예, 맞습니다."

"야, 너도 편하게 대해. 그냥 누나라고 불러."

태수는 눈앞의 손예지를 황홀하게 바라보며 숨을 삼켰다.

대한민국 최고의 여배우 손예지를 누나라고 부르게 되는 날이 올 줄이야.

태수가 꿀꺽 침을 삼키고는 말했다.

"아, 알았어요, 누나."

예지 누나도 기분이 좋은지 표정이 화사하게 변했다.

"넌 하는 일이 뭐야?"

"음, 전 소설가예요."

소설가라는 소리에 예지 누나의 눈이 커졌다.

"정말?"

태수는 뒤늦게 자신에 대한 소개와 함께 〈모텔 파라다이스〉 영화가 엎어진 상황 그리고 여기까지 오게 된 과정에 대해 최대한 솔직하게 설명했다.

다만 영능력에 대한 부분은 대충 두루뭉술하게 어느 날부터 영혼을 보는 능력이 생겼다는 정도로 얼버무릴 수밖에 없었다.

"사실 제가 그 영화에 직접 관련된 건 아닌데, 그런 식으로 엎어진 게 너무 아쉬워서요. 제가 귀신도 보고 신기가 좀 있다고 했잖아요. 이 영화 시나리오를 보는데, 이건 분명히 흥행한다는 확신이 드는 거예요."

예지 누나가 재미있다는 표정을 지으며 말했다.

"지금 보니까 너 점쟁이 같다, 얘."

"헉, 점쟁이요?"

"왠지 네가 그렇게 말하니까 정말로 그렇게 될 것 같아."

"반드시 그렇게 될 거예요. 수정한 시나리오 읽어 보면 아마 누나도 느낄 수 있을 거예요. 이거 된다!"

"그래서 날 생각하면서 시나리오를 수정했다는 거야?"

"네. 진짜 누나 말고 다른 배우는 아예 떠오르질 않았어요."

"참나, 이 영화 안 하면 큰일 날 것 같아."

태수가 손을 내저으며 말했다.

"누나, 그건 아니에요. 진짜 부담 갖진 말아요. 전 그냥 제가 느낀 그대로 말한 것뿐이니까."

"시나리오 지금 가지고 있어?"

"예, 가방에 있어요."

손예지가 눈을 흘기며 말했다.

"그러니까 결국 나한테 시나리오 주려고 왔다가 할머니 영혼을 만난 거구나?"

"그, 그건 맞아요. 이런 걸 하늘이 돕는다고 하나 봐요."

"아직 좋아하긴 일러. 사실 내 마음은 가능한 한 널 돕고 싶지만 회사 입장도 있는 거니까. 너무 아니다 싶으면 어쩔 수가 없어. 그건 너도 이해해 줄 수 있지?"

"그럼요. 저도 마음에 들지도 않는 작품에 누나가 출연하는 거 원치 않아요. 일단 시나리오 읽어 보고 판단해 주세요."

"그래, 알았어."

"근데 누나 아까부터 휴대폰 계속 울리는데."

손예지가 휴대폰을 들고 보더니 말했다.

"부재중 통화가 열일곱 건이나 왔네? 오 실장님 지금 나 찾고 난리 났나 보다. 이제 인터뷰하러 가야겠어. 네 덕분에 기분이 완전 좋아졌어. 시나리오는 가능한 오늘 밤에 읽어 보고 연락 줄게."

"아, 정말요? 고마워요, 누나. 새벽이라도 괜찮으니까 꼭 연락 주세요."

"그래, 알았어."

낮에 박흥식 감독이 말하길 톱클래스가 아니라도 배우한 테 시나리오를 보내면 검토하는 데만 일주일도 넘게 걸려서 짜증이 난다고 했다.

태수가 예지 누나 캐스팅 얘기를 하자 예지 누나 소속사에 는 항상 누나의 낙점을 기다리는 시나리오만 산처럼 쌓여 있 다고 했다.

따라서 예지 누나가 시나리오를 언제쯤 읽을지조차 알 수 가 없다고 했다.

그런 예지 누나가 시나리오를 읽고 오늘 바로 연락을 주겠 다니.

흡사 예지 누나한테 프리패스라도 받은 기분이었다.

이러다가 정말로 예지 누나가 〈모텔 파라다이스〉의 혜수 역할을 맡겠다고 하고 영화가 다시 투자받아서 재촬영을 들어간다면 아마 흥분으로 심장이 멎을지도 몰랐다.

비록 오리지널 〈모텔 파라다이스〉는 조진호 대표와 박홍식 감독의 작품이지만, 수정고는 태수 자신이 시나리오도 쓰고 캐스팅에 투자까지 받아 내는 결과를 만들어 냈다.

'만약 투자가 결정된다면 그에 대한 보상은 어떻게 받을까? 아, 아니다. 내가 왜 이렇게 미리 앞서가지? 누나가 시나리오를 재미없게 볼 수도 있는데.'

태수가 지하철을 타고 집으로 가는데 휴대폰이 울렸다.

박홍식 감독이었다.

"네, 감독님."

–장 작가. 시나리오 잘 봤어요.

"아, 네."

그렇잖아도 예지 누나한테 시나리오를 건넨 후 가슴을 졸이고 있던 참이었다. 비록 민자영이 재미있게 봤다지만 감독의 의견하고는 비교가 되지 않았다.

태수는 숨을 죽이고 다음 말을 기다렸다.

–솔직히 기대 이상이야. 아니, 정말 충격이었어. 장 작가가 소설 잘 쓰는 줄은 알았지만 시나리오까지 이렇게 잘 쓸 줄은 상상도 못 했거든.

그냥 형식적인 칭찬이 아니라 정말 극찬을 하고 있다는 게 목소리에서 그대로 느껴졌다. 긴장하고 있던 마음이 풀어지며 희열이 올라왔다.

'예지 누나도 시나리오 읽고 나서 박홍식 감독과 똑같은 기분을 느낀다면 얼마나 좋을까.'

휴대폰 너머에서 박홍식 감독의 칭찬이 계속해서 이어졌다.

─장 작가, 소설 쓰지 말고 시나리오 써서 감독 데뷔해. 지금 당장 연출도 충분히 잘할 것 같던데.

태수는 혼자 조용히 고개를 흔들었다. 이런 때일수록 들뜨지 말고 차분하게 현실을 직시해야 한다.

마음은 당장이라도 수많은 스태프와 배우 들이 우러러보는 감독이 되어 원하는 영화를 마음대로 만들어 보고 싶었다.

하지만 엄격히 말해서 수정고는 자신의 창작 시나리오가 아니다.

이미 완성된 영화를 보면서 시나리오로 옮겨 썼을 뿐.

물론 영상을 보고 시나리오로 옮겨 쓰는 작업도 창작의 일부이고 그중 몇몇 장면은 순수하게 자신이 생각해 낸 장면들이지만, 그것들은 극히 일부에 불과하다.

만약 박홍식 감독의 오리지널 시나리오가 없었다면 영상도 떠오르지 않았을 테고 수정고는 꿈도 꾸지 못했을 것이다.

"어휴, 저는 아직 멀었어요. 연출을 아무나 하나요? 이번 수정고는 감독님이 쓴 오리지널 원고가 있었으니까 가능했던 거죠."

─그럼 그 얘긴 다음에 술 한잔하면서 따로 나누기로 하고. 장 작가가

퇴마하는 톱스타

궁금해할 것 같아서 얘기해 줄게. 아까 조진호 대표님이 손예지 소속사 FHN 서영욱 대표한테 직접 시나리오 전달했어.

"아, 정말요?"

─응. 시나리오가 손예지한테 전해질지는 모르지만 조 대표님 입장에서는 서영욱 대표까지 만나서 최선을 다한 거니까 혹시 안 되더라도 너무 실망하지 말라고. 만약 손예지가 출연하지 않는다고 해도 시나리오 때문은 아닐 거야.

태수는 자신이 조금 전에 손예지한테 직접 시나리오를 전달했다는 얘기를 꺼내려다가 입을 다물었다.

어차피 오늘내일 안에 결과가 나올 테니까 그때 전해도 늦지 않을 것 같았다.

"네, 알겠어요. 그리고 뭐 좀 여쭤봐도 돼요?"

─어, 뭔데?

"이건 대표님한테 여쭤봐야 할 것 같은데, 만약 손예지 누나…… 아, 아니 손예지 씨가 출연을 결정해서 투자를 받는다면 저는 어떤 조건으로 계약을 하게 되나요?"

사실 민감한 주제라서 조심스럽게 얘기를 꺼냈는데, 박홍식 감독이 의외로 시원하게 대답해 줬다.

─그렇잖아도 대표님하고 그 얘기 나눴어. 대표님이 만약 네가 쓴 시나리오로 손예지를 캐스팅하고 추가 제작비에 대한 투자까지 받는다면, 각본 크레딧에 넣어 주고 각본료 3천에 제작사 지분의 15퍼센트까지 줄 수 있다고 했어. 어떠니?

혹시라도 계약 조건 때문에 서로 신경전을 벌이면 어떡하나 걱정을 했는데 생각했던 것보다 훨씬 좋은 조건이었다.

학교 때 연영과 애들과 늘 함께 다녀서 그쪽으로는 주워들은 얘기가 많았다.

무엇보다 각색이 아니라 각본으로 계약을 해 주겠다는 것부터 태수를 상당히 배려한 조건이었다.

오리지널 시나리오가 있는 경우 수정을 하면 전체 이야기를 뒤엎는 정도의 수정이 아닌 한 대부분 각색으로 분류가 된다.

각본은 오리지널 창작자로서 인정을 받는다는 의미이기에 각본가와 각색자의 위치는 천지 차이다.

물론 고료에서도 차이가 크다.

일반적으로 상업 영화의 신인 작가 각본료는 보통 3천만 원 정도고 양심 있는 제작사는 거기에 인센티브로 제작사 지분의 5퍼센트를 추가로 준다.

하지만 각색 작가의 경우 각색료로 5백만 원도 받고 1천만 원도 받는다. 무엇보다 경력에서 각본가와 각색가는 비교가 되지 않는다.

따라서 조진호 대표가 각본료 3천만 원에 지분 15퍼센트를 주겠다는 건 각본 외에 태수가 기여한 여러 부분을 충분히 반영해 준 조건이었다.

태수가 바로 대답을 하지 않자 박홍식 감독이 덧붙여서 말했다.

―아직 영화가 어떻게 될지도 모르고 넌 이쪽에 대해 잘 모를 테니까 좀 더 알아보고 다음에 답을 해 줘. 근데 내가 보기엔 꽤 괜찮은 조건인 것 같아.

"혹시 제가 각본료를 받지 않고 대신 지분으로만 받을 수도 있나요?"

―각본료 대신 지분으로만?

"네."

예전에 연영과 학생한테 들은 얘기가 떠올랐던 것이다.

시나리오 작가가 각본료를 받지 않고 제작사 지분으로 받기로 계약을 했는데, 영화가 흥행해서 대박이 났다는 얘기였다.

물론 그런 경우 영화가 흥행한다는 상당한 확신이 있어야만 한다. 만약 흥행하지 않으면 돈을 한 푼도 받을 수가 없기 때문이다.

또한 한국 영화의 경우 손익분기점을 넘는 경우가 전체의 20퍼센트도 되지 않기 때문에 사실상 도박이라고 할 수가 있다.

박흥식 감독도 같은 얘기를 했다.

―음, 지분은 영화가 흥행하면 좋지만 실패하면 단 한 푼도 못 받는다는 건 알고 있지? 다른 한국 영화들도 그렇지만 특히 공포 영화의 경우 손익분기점을 넘는 영화가 20퍼센트도 안 돼.

"네, 알고 있어요."

태수는 이미 환상 속에서 영화의 완성본을 봤다. 지금까지 본 그 어떤 한국 공포 영화보다 무섭고 완성도도 높았다.

물론 주연이 손예지 누나일 경우.

하지만 영화가 잘 나온다고 반드시 흥행하는 건 아니다.

예전에 나온 〈기담〉이나 〈불신지옥〉 같은 영화는 상당히 잘 만든 공포 영화였지만, 둘 다 흥행에서는 참패를 했으니까.

그래도 앞으로 이런 기회가 언제 또 올지 모르니 승부를 걸어 보고 싶었다.

─일단 그건 대표님하고 상의를 해 봐야겠지만, 적어도 제작사 지분의 30퍼센트는 받을 수 있을 것 같은데?

"30퍼센트요?"

3천만 원을 받지 않는 조건으로 제작사 지분을 15퍼센트나 더 받을 수 있다면 태수는 당연히 그쪽을 선택할 것이다. 왜냐하면 지금은 경제적인 여유가 충분한 데다 흥행에 대한 확신이 있으니까.

"정말 30퍼센트 지분 받을 수 있으면 전 지분으로 받고 싶은데요?"

─그래, 알았어. 대표님한테 그렇게 전할게.

퇴마하는 톱스타

손예지가 영화 〈조용한 절규〉와 관련한 인터뷰를 모두 마친 시각은 밤 10시경이었다.

〈조용한 절규〉는 소속사에서 적극 권해서 출연한 영화인데, 모든 게 마음에 안 들어서 정말 인터뷰하기 싫었다.

하지만 태수를 만난 후 신기하게 기분이 바뀌었다.

덕분에 영화는 마음에 들지 않았지만 주연배우로서 영화에 대한 책임감을 드러냈고, 씩씩하게 인터뷰를 마칠 수가 있었다.

인터뷰 내내 걱정스러운 표정으로 지켜보던 오 실장도 믿기지 않는 듯 어리둥절한 표정을 지었을 정도였다.

손예지가 그런 오 실장에게 경고하듯 말했다.

"우울증 약 때문에 좋아진 거 아니니까, 앞으로 병원 가라는 소리 하지 말아요. 환자 취급도 하지 말고."

우울증을 앓는 환자들은 우울이라는 안경을 끼고 세상을 바라보기 때문에 모든 게 우울해 보인다고 한다.

근데 손예지는 태수를 만난 후 그 우울이라는 안경을 벗어버린 기분이었다.

오늘은 예전의 자신처럼 활기 넘치고 모든 것들을 긍정적으로 바라볼 수 있는 손예지로 다시 돌아온 것 같았다.

손예지가 모든 일정을 마치고 집으로 들어온 시각은 자정이 다 되어서였다.

10년 넘게 손예지의 코디를 맡고 있는 혜영이 짐을 들고 따라 들어오며 말했다.

"언니, 내일 아침부터 화보 촬영 있는 거 알죠? 오늘 무조건 일찍 자야 해요."

손예지가 육포와 캔 맥주를 집어 들고 방으로 들어가자 혜영이 기겁을 했다.

"언니, 설마 그거 지금 먹으려고요?"

손예지가 방으로 들어가다가 돌아섰다.

혜영은 코디이기도 하지만 회사에 자신의 일거수일투족을 모두 보고하는 얄미운 스파이 역할도 했다. 손예지는 자신이 할 수 있는 가장 무시무시한 표정을 짓고 말했다.

"오늘은 나 건드리지 마. 할 일 있으니까."

육포와 캔 맥주를 들고 방으로 들어가려던 손예지가 그래도 마음이 놓이지 않는지 한 번 더 돌아섰다.

"경고하는데, 너 혹시라도 오 실장한테 이르면 알지?"

"언니, 그럼 내일 화보 촬영은⋯⋯."

"요즘은 뽀샵 발달해서 다 보정할 수 있어. 너나 얼른 들어가서 자."

손예지는 침대에 앉아 들고 온 육포를 펼친 후 캔 맥주를 들이켰다.

꿀꺽⋯⋯ 꿀꺽⋯⋯ 꿀꺽.

맥주를 마시고 육포를 뜯으며 씹는 손예지의 두 눈이 반달로 변했다.

"크윽, 바로 이 맛이지."

이렇게 행복한 기분을 느껴 보는 게 얼마 만인데 잠을 자라니. 오늘 하루만큼은 그 어떤 제약에도 얽매이지 않고 자신이 하고 싶은 것만 하고 싶었다.

그 하고 싶은 첫 번째 일은 바로 태수가 전해 준 시나리오를 읽는 것.

솔직히 기대보다는 걱정이 훨씬 많았다.

저예산에 공포 영화.

촬영장에 정말 귀신이 나타나서 자신과도 친한 소영희가 주연을 맡았다가 귀신한테 '환령'이란 걸 당했다는 무서운 얘기까지.

태수는 하나도 숨김없이 그런 얘기를 있는 그대로 전해 줬다.

'출연을 하라는 거야, 말라는 거야?'

게다가 그게 끝이 아니다.

가장 황당했던 건 로코의 여왕이자 이제 서른두 살에 불과한 자신에게 중학생 딸을 둔 엄마 역할을 맡으라고 너무도 자연스럽게 권했다는 사실.

너무 기가 막혀서 오히려 웃음이 흘러나왔다.

영화에서 나이가 어린 역할로 출연하는 경우는 흔하지만,

중학생 딸이라면 오히려 자신보다 나이가 많은 역할을 해야 한다는 얘기가 아닌가.

'그것도 두 아이의 엄마? 물론 영화에 대해 잘 몰라서 그런 것일 수도 있지만 어떻게 내 얼굴과 이미지를 보고 엄마를 떠올릴 수가 있지?'

로맨스의 여왕이라는 말을 듣는 자신이 두 아이의 엄마가 되어 연기를 해야 한다니.

'엄마가 된 나를 생각하면서 시나리오를 썼다고?'

이 얘기를 하면 오 실장은 물론이고 서영욱 대표가 뭐라고 할지 상상조차 되지 않았다.

지금까지 자신을 캐스팅하려는 어떤 제작사도 이런 황당한 조건을 들이민 적은 없었다. 보통 캐스팅 디렉터는 불리한 얘기는 숨기고 좋은 얘기만 그럴싸하게 포장하니까.

신기한 건 그런 솔직함 때문인지, 본인이 말한 신기 때문인지 불과 30분 남짓한 만남을 가졌을 뿐인데 태수가 가족처럼 가깝게 느껴진다는 것.

마치 오랫동안 헤어져 있다가 다시 만난 친동생 같은 느낌이랄까.

"모텔 파라다이스라."

손예지는 시나리오 표지를 바라보며 제발 시나리오가 재미있기를 바랐다.

시나리오가 그렇게 재미가 없어도 기본만 갖췄다면 꼭 출연을 해 주고 싶었다. 어떻게든 태수에게 도움이 되고 싶었기 때문이다.

하지만 속마음은 전혀 기대가 되지 않았다. 시나리오를 아무리 수정을 잘했다고 해도 엎어져서 제작이 무산된 영화라면 분명 한계가 있을 테니까.

게다가 태수는 시나리오 작가도 아니고 소설가라고 하지 않았던가.

거기에 두 아이의 엄마.

'에고, 자꾸 엄마 역할을 부정적으로 생각하지 말아야지.'

손예지는 고개를 흔들며 시나리오의 표지를 넘겼다.

오프닝은 혜수네 가족이 덜덜거리는 스타렉스에서 내려 모텔 파라다이스를 바라보는 장면에서 시작됐다.

손예지는 자신이 연기할 혜수의 캐릭터에 집중하면서 시나리오를 읽어 나갔다.

초반부는 전형적인 공포 영화의 전개로 이어졌다.

초중반을 넘어서면서 은근히 몰입도가 높아지기 시작했다.

첫 번째 리딩임에도 손예지는 혜수의 대사를 연기 톤으로 읊조리는 자신을 발견했다.

돈이 없어 귀신이 나오는 모텔을 관리하러 온 가족들의 안타까운 사연이, 장애를 가진 호빈을 지키려는 혜수의 절박한 심정이 마음을 비집고 들어오기 시작했다.

지금까지 해 왔던 대부분의 역할은 예쁜 이미지의 로맨스 여주인공 아니면 거대한 사건에 휘말린 비련의 여주인공이었다.

그런 역할은 대부분 수동적이고 예쁘게 보여야만 해서 깊은 내면의 연기를 보여 주기엔 한계가 있었다.

근데 〈모텔 파라다이스〉의 혜수 역할은 완전히 달랐다.

연기라기보다는 느끼는 감정 그대로 분출시키면 되는 역할이었다.

자신이 지금까지 보여 준 적이 없는 표정과 목소리, 성격을 관객들에게 보여 줄 수 있을 것 같았다.

놀라운 점은 평소 자신의 이미지와 전혀 다른 혜수의 역할임에도 불구하고 자신을 아주 잘 아는 사람이 시나리오를 쓴 것처럼 아주 사소한 것들조차 자신의 성격을 반영했다는 사실이다.

아니, 그 정도가 아니라 자신도 모르는 또 다른 자신을 일깨우는 느낌이랄까.

보통 배우들은 시나리오나 대본을 읽으며 캐릭터를 분석하고 그 분석에 의해 연기를 만들어 낸다. 근데 이 시나리오는 마치 자신의 연기를 보고 쓴 것처럼 모든 면에서 완벽했다.

너무 몰입한 나머지 중반 이후부터는 무서워서 시나리오를 읽는 게 힘들게 느껴질 지경이었다.

시나리오를 다 읽고 난 후에는 태수가 왜 그렇게 흥행을 장담했는지 알 수 있을 것 같았다. 또한 엎어진 영화를 왜 그토록 다시 살리려고 했는지도.

손예지는 흥분을 억누르기 위해 맥주를 벌컥거리고 마셨다.

"후우."

연기에 대한 열정이 끓어오르는 이런 완성도 높은 시나리오를 받아 본 게 언제인지 기억이 나지 않았다. 시나리오를 다시 넘겨 보던 손예지가 고개를 갸웃했다.

'근데 소설가라며? 소설가가 시나리오를 이렇게 잘 써?'

⁓⁓⁓

박흥식 감독과 통화를 끝내고 집으로 돌아가던 태수의 휴대폰에 카톡이 도착했다.

카톡.

카톡을 보낸 사람은 송현주.

오빠, 지금 어디에요?

태수가 바로 답장을 했다.

태수 : 잠실에서 집으로 가는 지하철이야.

현주 : 어, 정말요? 나 지금 올림픽공원인데.

태수 : 올림픽공원? 거긴 왜?

현주 : 최고의 사랑 촬영 중이에요.

태수 : 진짜?

그러고 보니 며칠 전에 〈최고의 사랑〉 촬영이 있다고 설레 하던 송현주의 모습이 떠올랐다.

현주 : 촬영장에 구경하러 올래요? 이전에는 인서트 촬영이
    었고 오늘이 사실상 첫 촬영인데.

태수 : 와, 긴장되겠다.

현주 : 엄청. 게다가 첫 촬영이 지난번에 오빠가 수정해 줘서
    연습했던 씬이에요.

그 소리를 듣자 갑자기 송현주가 촬영하는 모습을 보고 싶었다.

당시 자신이 수정했던 지희와 희철의 캐릭터가 어떻게 나올지도 무척 궁금하고.

태수 : 가도 돼?

현주 : 그럼요. 지금 와요. 올림픽공원 북문으로 들어와서 쭉 따

라오면 촬영 팀이 보일 거예요.

태수 : 그래, 알았어.

태수는 지하철을 내려서 바로 택시를 잡아타고 올림픽공원으로 향했다.

택시가 컴컴한 올림픽공원 안쪽으로 들어가자 멀리 안쪽에 촬영 팀의 조명 불빛이 보였다.

"여기서 내릴게요."

태수는 멀찌감치 내려 걸어서 촬영 팀이 있는 곳까지 걸어갔다.

많은 스태프와 각종 장비들이 보였고 그 안쪽에서 연기를 하는 연기자들의 모습이 보였다.

촬영장으로 가까이 다가가자 카메라 앞에 서 있는 배우의 얼굴이 보였다.

다름 아닌 태수가 좋아하는 걸 그룹 핑크레벨의 리드보컬 소현이었다.

'대박이네. 여기서 소현을 실제로 보다니.'

그리고 보니 송현주한테 〈최고의 사랑〉 서브 주연인 윤영선 역할에 핑크레벨 소현이 캐스팅됐다는 말을 들은 기억이 났다.

극중에서 윤영선이 철없는 재벌가 아들, 민호와 결혼을 앞둔 인기 아이돌 가수라는 설정이어서 소현은 극중에서도 본인의 직업 그대로 인기 아이돌 가수로 나온다.

송현주가 맡은 지희는 바로 윤영선의 절친 역할이다. 대본상 윤영선은 재벌 약혼자가 속을 썩여서 그때마다 지희를 찾아와 하소연을 하곤 한다.

태수가 설레는 마음으로 촬영 팀을 향해 다가가는데 송현주의 목소리가 들려왔다.

"오빠."

고개를 돌린 태수의 입꼬리가 올라가 있는 걸 본 송현주가 혀를 찼다.

"으이그, 가만히 옆에서 지켜보니까 내가 옆에 있는 것도 모르고. 소현이 보면서 걸어가는 모습이 좀비가 따로 없네. 하여간 남자들은 다 똑같다니까."

"야, 아냐. 난 네가 촬영하는 줄 알고."

"됐어요, 변명할 걸 해야지. 치이."

태수가 찔끔하며 얼른 화제를 돌렸다.

"근데 넌 언제 촬영이야?"

"소현이 끝나면 내 차례예요. 이쪽으로 와요. 내가 가까이서 소현이 보게 해 줄 테니까."

"아, 아냐. 그런 거 아니라니까."

"참나, 입에 침이나 닦고 거짓말해요."

송현주가 다짜고짜 태수의 팔을 잡고 스태프들 사이로 이끌었다.

스태프들 안으로 들어가자 불과 몇 미터도 떨어지지 않은 눈앞에 핑크레벨 소현이 서 있었다.

지금은 감독과 연기에 대한 상의를 하느라 잠시 촬영이 중단된 상태.

'어? 근데 생각보다 설레진 않네?'

아마 예전 같으면 눈앞에 소현이 있다는 사실만으로도 심장박동이 빠른 진자 운동을 했을 텐데, 지금은 그냥 예쁜 여자애를 보는 정도의 기분.

그러고 보니 방금 대한민국 최고의 여배우 손예지를 만나고 오는 길인 데다 어제까지 소영희와 내내 함께 지내지 않았던가.

'솔직히 소현이 아무리 예쁘다고 해도 손예지나 소영희 같은 여배우들에 비할 바는 아니지.'

소현은 예쁘다기보다는 분위기가 상큼해서 보고 있으면 저절로 미소가 지어지는 느낌이다. 유독 광고 출연이 많은 이유도 그래서인 것 같고.

소현을 비추는 카메라 뒤쪽으로 테이블이 보였다.

의자에 앉아 테이블 위 모니터를 보고 있는 두 사람.

낯이 익다 했더니 오디션 때 본 정해일 감독과 양혜진 작가였다.

영화의 시나리오 작가와 달리 드라마 작가는 감독보다 영향력이 크다는 건 알고 있었지만 촬영 현장까지 나와서 지켜보는 모습은 의외였다.

송현주가 태수의 귀에 대고 귓속말을 했다.

"지금 드라마 초반이라서 양혜진 작가가 직접 보면서 캐릭터를 잡아 주고 있는 거예요."

태수가 고개를 끄덕이자 송현주가 어깨를 감싸며 중얼거렸다.

"후우, 왜 이렇게 긴장이 되지?"

역시 첫 촬영이라 그런지 송현주는 양팔로 어깨를 감싼 채 연신 심호흡을 했다. 그것도 모자라서 제자리 뛰기도 했고.

살짝 걱정이 될 정도로 지나치게 긴장하는 모습.

예전 같으면 태수도 엄청 긴장이 됐을 텐데, 지난 이틀 동안 촬영 현장에서 엄청난 경험을 한 덕분인지 현장이 익숙했고 전체적인 분위기를 한눈에 읽을 수가 있었다.

소현의 촬영이 끝나자 조감독이 소리쳤다.

"현주 씨! 석훈 씨!"

송현주가 태수를 돌아보며 기도해 달라는 손짓을 하고는 도살장에 끌려가는 표정으로 튀어 나갔다.

"네, 나가요."

송현주가 먼저 카메라 앞에 섰고 희철 역을 맡은 백석훈이 송현주 앞에 섰다.

백석훈은 일전에 송현주가 떠오르는 신인이라고 했던 말이 떠올랐다.

백석훈은 국내 최대 연예 기획사인 KM엔터 소속으로, 처음엔 희철 역할을 맡지 않으려 했다가 나중에 태수가 수정한 대본을 보고 출연을 결심했다는 후문.

백석훈은 배우 봉태구를 닮아서 마마보이 같은 희철 역할에는 아주 안성맞춤이었다.

송현주는 여전히 긴장한 모습이고 백석훈은 비교적 여유가 있어 보였다.

태수는 연기에 대해 상의하는 둘을 지켜보며 조금씩 긴장되는 기분을 느꼈다. 혹시라도 송현주가 너무 긴장해서 실수하지 않을까 걱정이 됐던 것이다.

'배우들은 첫 촬영에 실수를 크게 하면 트라우마가 생겨서 평생 연기를 못 하는 경우도 많다고 하던데.'

게다가 이번 씬은 자신이 직접 대본을 수정해서 캐릭터를 바꾼 그 장면이 아니던가.

조감독이 소리쳤다.

"슛 들어갑니다!"

"카메라 돌았습니다!"

"씬 12-1!"

"레디…… 액션!"

촬영이 시작되자 송현주와 백석훈이 연기를 시작했다.

태수는 송현주가 연기하는 모습을 오늘 처음 봤다. 물론 오디션 때 보긴 했지만 수많은 스태프와 카메라 앞에서 하는 정식 연기와는 비교가 되지 않는다.

송현주가 먼저 대사를 시작했다.

"오빠는 항상 이런 식이야. 현정이라는 여자는 누구야? 언제부터……."

태수가 저도 모르게 혼잣말을 중얼거렸다.

"야, 대사 빼먹었잖아."

"컷! NG!"

갑자기 소리친 감독의 컷 소리가 천둥소리보다 더 크게 들렸다.

송현주가 금방 사색이 됐다.

감독이 아닌 양혜진 작가가 직접 소리쳤다.

"현주 씨, 방금 대사 빼먹었어요."

"네에?"

송현주는 자신이 무슨 대사를 빼먹은지도 몰랐는지 황급히 대본을 뒤척였다. 그만큼 긴장하고 있다는 소리다.

양혜진 작가가 싸늘한 목소리로 말했다.

"'오빠는 항상 이런 식이야. 현정이라는 여자는 또 누구야? 언제부터 사귄 거야?'에서 '또'를 빼먹었어요. '또'라는 단어 하나가 희철이 그동안에도 계속 바람을 피웠다는 걸 시청자들에게 암시하는 중요한 말이라는 거 몰라요?"

송현주가 헉 하는 표정으로 양혜진 작가와 감독을 향해 연신 폴더 인사를 했다.

그런 송현주를 지켜보고 있으려니 점점 걱정이 됐다. 멀리서 봐도 평소의 차분하던 모습을 잃어버린 것 같았다.

첫 촬영에 저렇게 대사 NG를 내면 연이어 실수하고 대사가 꼬이는 경우가 많다던데.

'야, 정신 좀 똑바로 차리라고. 나하고 할 때처럼 편안하게 해.'

태수는 송현주가 자신이 있는 쪽을 바라보면 응원이라도 보내려고 했는데 그런 여유조차 없는 모양이었다.

다시 시작된 연기.

송현주가 대사를 시작했다.

"오빠는 항상 이런 식이야. 현정이라는 여자는 또 누구야? 언제부터 사귄 거야?"

백석훈도 그에 뒤질세라 어수룩한 표정으로 대사를 했다.

"그거 당신이 오해한 거야. 사귀긴 무슨, 그냥 거래처 직원이야."

태수가 저도 모르게 입으로 다음 대사를 중얼거렸다.

"거래처 직원하고 휴일 날 왜 등산을 가? 그것도 단둘이서?"

벌써 한 달은 지난 것 같은데 대사가 그대로 떠올랐다.

하지만 송현주는 거기서도 NG를 냈다. 긴장해서 대사가 꼬인 것이다.

"거리처 직원하고…… 앗, 죄송합니다. 거래처 직원인데."

"컷, NG."

송현주가 몸 둘 바를 몰라 하며 작가와 감독은 물론 스태프들에게도 연이어 폴더 인사를 했다.

'후우, 미치겠네. 왜 그러니 현주야? 너 차분하게 잘하잖아.'

태수는 안타까운 마음에 달려가서 어깨라도 토닥거려 주고 싶은 심정이었다.

세 번째 촬영이 시작됐다.

불길한 예감은 빗나가는 법이 없다.

이번에도 NG가 났다. 연습 때 그렇게 잘하던 대사를 송현주는 마치 뭔가에 홀린 것처럼 연속으로 NG를 냈다.

송현주는 금방이라도 울음을 터뜨릴 것 같은 얼굴이었고, 감독과 작가는 물론 스태프들도 표정이 좋지 않았다.

정해일 감독이 피곤한 듯 소리쳤다.

"5분만 쉬고 합시다."

스태프들이 웅성거리며 흩어졌고 송현주는 도망치듯 어딘가로 달려갔다.

태수는 재빨리 송현주가 달려간 곳으로 자신도 뛰어갔다.

주차장 안쪽 어두컴컴한 후미진 공간.

"어디로 갔지?"

송현주를 찾아 두리번거리는데 옆쪽 주차된 차량 너머에서 울음소리가 들려왔다.

퇴마하는 톱스타

차량 뒤쪽으로 돌아가자 웅크린 채 울고 있는 송현주가 보였다.

"현주야……."

태수의 부름에 송현주가 돌아보더니 얼른 눈물을 닦았다.

"괜찮아, 울고 싶으면 울어."

"아니에요. 이런 바보 같은 모습 보이기 싫어요."

"그게 왜 바보 같은 거야. 누구라도 네 입장이면 참기 어려웠을 거야."

송현주가 고개를 흔들며 말했다.

"나 너무 한심하죠? 배우를 하겠다면서 연기는커녕 대사조차 제대로 못 하고."

"아냐, 운이 나빴던 거야. 첫 대사만 잘했어도 모든 게 잘 풀렸을 텐데."

송현주가 필사적으로 참고 있던 울음을 다시 터뜨렸다.

"바보같이 '또'를 왜 빼먹었냐고. 오빠하고 얼마나 많이 연습한 대산데. 난 정말 연기자 재능이 없는 사람인가 봐."

"힘들 땐 누구나 절망적인 생각이 드는 거야. 지금 유명 배우들도 다 그런 시간을 거쳤고. 너 연습할 때 얼마나 잘했는데? 너 재능 있어. 분명히 잘할 수 있을 거야."

송현주가 고개를 흔들며 말했다.

"나 자신이 없어요. 다시 카메라 앞에 서면 눈물부터 나올 것 같아. 어떡해요, 오빠?"

"……."

흐느끼던 송현주가 가까스로 울음을 삼키며 말했다.

"괜찮아요, 오빠. 저 잘할 수 있으니까 너무 걱정하지 말아요."

송현주가 애써 웃음을 지어 보이며 말했다.

"어떡해? 오늘 오빠 괜히 불렀나 봐. 미안한데 그냥 내 연기하는 거 보지 말고 오늘은 그냥 가면 안 돼요?"

말은 그렇게 하고 있지만 다시 촬영에 들어가면 제대로 연기하기가 어려울 것 같았다.

물론 결국엔 스스로 이겨 내겠지만, 감독과 작가한테 찍히면 앞으로 기회가 주어지지 않을 수도 있다.

"현주야, 나 봐 봐."

태수가 저도 모르게 양손을 들어 올려 송현주의 뺨을 감싸 안았다.

"……!"

눈물이 그렁거리는 송현주의 동공이 놀란 듯 부풀어 올랐다.

태수가 그런 송현주의 두 눈을 지그시 바라보며 속삭였다.

"눈 감아 봐."

"네?"

"어서."

당황한 송현주가 의미를 알려는 듯 태수를 바라보다가 어색하게 눈을 감았다.

눈물 한 방울이 아름다운 송현주의 뺨을 타고 주르륵 흘러
내렸다.

태수가 마음으로 중얼거렸다.

'생기탐랑의 능.'

허공에 메시지가 떠올랐다.

제1성인 탐랑성의 생기탐랑의 능이 작동합니다.

화르르르륵.

순간 공기가 흔들리며 송현주의 뺨을 감싼 태수의 양손에
푸르스름한 기운이 서렸다.

푸르스름한 기운이 태수의 손바닥을 타고 송현주의 뺨으
로 옮아갔다.

송현주의 뺨을 푸르스름하게 물들인 생기탐랑의 기운이
그녀의 피부로 스며들었다.

태수가 뺨에서 손을 떼자 송현주가 천천히 눈을 떴다.

송현주가 의아한 눈으로 태수를 바라보며 물었다.

"방금 뭘 한 거예요?"

"음…… 너 연기 잘하게 해 달라고 기도했어. 왜?"

"모르겠어요. 기분이 너무 이상해요. 갑자기 따스한 온기
같은 게 온몸을 감싸는 것 같았어요. 마치 누군가가 날 보호

해 주는 것 같은 기분도 들고. 방금 전까지만 해도 정말 죽을 것 같았는데 긴장이 다 풀어진 것 같아요."

말만 그런 게 아니라 굳어 있던 송현주의 얼굴에 자연스럽게 표정이 살아나고 있었다.

"거봐, 내 기도가 효과가 있다니까."

"이상하다? 뭐였지?"

태수의 말이 사실인지 아닌지 알려는 듯 송현주가 눈을 동그랗게 뜨고 태수를 바라보는데, 조감독이 부르는 소리가 들려왔다.

"헉, 가 봐야겠어요."

뛰어가려는 송현주를 태수가 붙잡았다.

"가서 바로 촬영 들어가지 말고 메이크업부터 해. 알았지?"

"아, 맞다. 그럴게요. 고마워요."

송현주가 먼저 뛰어갔고 태수도 얼른 촬영장으로 달려갔다.

다시 촬영.

"카메라 돌았습니다!"

"씬 12-4!"

"레디…… 액션!"

한결 여유를 찾은 송현주가 카메라가 돌아가자 순식간에 표정을 바꿨다.

"오빠는 항상 이런 식이야. 현정이라는 여자는 또 누구야? 언제부터 사귄 거야?"

백석훈도 어수룩한 표정으로 대사를 했다.

"그거 당신이 오해한 거야. 사귀긴 무슨, 그냥 거래처 직원이야."

"거래처 직원하고 휴일 날 왜 등산을 가? 그것도 단둘이서?"

이전과 달리 송현주는 눈빛과 손짓, 몸짓까지 완벽하게 지희가 된 것 같았다. 그동안 혼자 캐릭터 분석을 많이 했는지 오디션 볼 때보다 훨씬 좋아진 느낌이었다.

'그래, 그거야 현주야.'

역시 배우는 다르다는 말이 저절로 나올 정도.

태수의 입꼬리가 저도 모르게 올라갔다.

'저렇게 연기를 잘하면서 바보같이.'

백석훈은 예전에 태수가 대본을 수정하면서 제안했던 그 캐릭터 그대로 연기를 했다. 백석훈이 마치 선생님 앞에서 잘못을 저지른 학생처럼 말을 얼버무렸다.

"내가 원래 거래처 사람들하고 등산 자주 다녀."

"길 가는 사람을 붙잡고 물어봐, 그게 말이 되는지. 당신이란 사람 속에는 뭐가 들었기에 그렇게 뻔뻔할 수가 있어?"

"알았어, 자기야. 미안해. 나 다음부터는 절대로 단둘이 여자 안 만날 거야. 진짜루~."

백석훈이 마치 엄마한테 용서를 비는 아들처럼 몸을 꼬며 송현주의 팔을 잡고 매달리자 태수는 저도 모르게 미소를 지었다.

　대사가 일부 수정되긴 했지만 오디션 때 대본을 수정하면서 상상했던 지희와 희철의 모습을 눈앞에서 보니 참을 수 없는 희열이 올라왔던 것이다.

　송현주가 매달리는 백석훈의 팔을 뿌리치며 차갑게 말했다.

　"됐어! 다 끝났어. 이젠 정말 끝났다고!"

　백석훈이 더욱 애교를 부리며 매달렸다.

　"뭐가 끝나아~ 그런 말 하지 마, 자기야~."

　팔을 뿌리치려는 송현주를 백석훈이 끌어안았다.

　송현주가 그런 백석훈을 밀어 내면서도 싫지 않은 듯, 못 이기는 척 대사를 했다.

　"놔아~ 놓으란 말야. 비켜, 이 나쁜 놈아아~."

　태수는 얼른 감독과 작가, 나머지 스태프들의 표정을 살폈다.

　다들 얼굴에 웃음을 머금은 채 두 사람이 밀고 밀치며 티격태격하는 모습을 재미있게 지켜보고 있었다.

　시청자들의 반응도 크게 다르지 않을 것 같았다. 그 말은 곧 앞으로 두 사람의 분량이 더 늘어날 수도 있다는 얘기.

　감독의 힘찬 외침이 정적을 깨트렸다.

"컷! 오케이!"

＊

짠!

어렵게 첫 촬영을 끝낸 송현주와 태수가 옥탑방 앞 평상 위에 앉아 캔 맥주를 부딪쳤다.

머리 위에선 별빛이 반짝이고 눈앞으로는 도심의 야경이 펼쳐졌다.

몇 걸음만 걸으면 각자의 침대에 가서 바로 누워 잘 수도 있는 최상의 공간.

분위기 좋고 부담이 없으니 자꾸만 둘이 술을 마시게 된다.

송현주가 맥주를 마신 후 캔을 와그작 찌그러트리며 말했다.

"크으, 아직도 NG 나던 생각만 하면 너무너무 끔찍한 거 있죠."

태수도 고개를 끄덕였다.

"말도 마라, 지켜보는 내가 다 긴장되더라."

송현주가 열기가 가득한 눈으로 태수를 응시하며 중얼거렸다.

"근데 아까 진짜 이상했어요. 오빠가 손으로 내 뺨……을 감싸 쥐었는데…… 이상한 느낌이…….”

발그레한 얼굴로 태수를 바라보던 송현주가 갑자기 벌컥거리고 맥주를 들이켰다.

송현주가 게슴츠레한 눈빛으로 가만히 태수를 응시하더니 따지듯 물었다.

“그때 왜 그랬어요?”

“어? 뭐, 뭘?”

“내 얼굴…… 왜 만졌냐고요?”

“어? 그, 글쎄, 내가 그때 왜 그랬지?”

송현주가 게슴츠레 눈을 뜨고 혀가 꼬인 발음으로 다그쳤다.

“솔직히 말해 봐요.”

“그, 그러니까…… 그게…….”

그 질문은 오히려 태수가 자신에게 묻고 싶은 질문이었다.

'절대 다른 마음이 있어서 그랬던 게 아냐. 생기탐랑의 능을 시전하기 위해서 어쩔 수가 없었을 뿐이라고.'

하지만 생기탐랑의 능을 시전하기 위해서 굳이 송현주의 뺨을 감쌀 필요는 없었다. 손을 대지 않고도 생기탐랑의 기운을 얼마든지 전할 수가 있으니까.

'헐, 내가 왜 그랬지?'

마침 그때 태수를 구원하듯 휴대폰이 울렸다.

우우우웅.

다름 아닌 박흥식 감독이었다.

'감독님이네? 아까 통화했는데 이 시간에 무슨 일이지?'

송현주를 돌아보니 고개를 치켜들고 밤하늘을 올려다보고 있는 중이었다.

태수가 목소리를 낮춰 전화를 받았다.

"예, 감독님."

박흥식 감독이 다짜고짜 말했다.

─어, 장 작가. 대표님이 지분 30퍼센트 괜찮대.

"와, 벌써 허락 얻으셨어요? 정말 감사합니다."

박흥식 감독은 태수와 통화를 끝내자마자 조진호 대표에게 곧바로 계약 얘기를 전한 모양이었다. 또 답을 듣자마자 한시라도 빨리 태수에게 그 얘기를 전해 주려고 다시 전화를 한 듯했다.

─고맙긴. 각본료도 포기하고 손예지 캐스팅하면 당연히 그 정도는 해 줘야지. 아, 그리고 대표님이 오후에 투자사 담당자한테 장 작가 수정고 다시 넣었대.

"어? 진짜요? 투자사에서 추가 제작비 안 된다고 했다면서요?"

─그랬는데 대표님이 일단 시나리오 읽어 보고 판단해 달라고 했대. 그리고 혹시 몰라서 다른 투자사 세 군데에도 시나리오 돌렸고.

"왓, 진짜요?"

불과 하루도 지나기 전에 투자사를 네 군데나 돌아다니며 시나리오를 돌렸다는 얘기다.

오늘 하루 조진호 대표가 얼마나 정신없이 뛰어다녔을지 안 봐도 눈에 선했다.

－솔직히 우리 영화에 손예지 캐스팅한다는 건 말도 안 되고. 대표님이 장 작가 수정고 읽어 보고는 시나리오 자신 있으니까 한번 부딪쳐 보겠다고 하시더라고.

고맙기도 하고 안타깝기도 해서 마음이 찡했다.

"그래도 엄청 빨리 움직이셨네요."

－빨리 움직여야지. 너무 늦어지면 완전히 엎어지니까. 만약 국내 투자사에서 수정고 보고도 투자 못 하겠다고 하면 차라리 외국계 투자사 쪽으로 넣어 보겠대. 그쪽은 아무래도 공포 영화에 대해 호의적인 편이니까.

"윈브라더스요?"

－어, 거기 한국 지사 본부장이랑 대표님이랑 친하거든. 아무튼 그렇게 알고 있어.

조진호 대표도 그렇고, 박홍식 감독도 그렇고 정말 좋은 사람들을 만났다는 생각이 들었다. 자기가 뭐라고 일일이 진행 상황을 알려 주고 배려를 해 준다는 느낌이 들었다.

이런 노력이 헛되지 않게 영화가 꼭 투자를 받았으면 좋겠다는 생각이 들었다.

'예지 누나가 시나리오 읽고 출연 결심을 하면 가장 좋은

데.'

박홍식 감독과 막 통화를 끝냈을 때였다.

스륵.

송현주가 몸을 옆으로 기울이더니 태수의 어깨에 머리를 기대 왔다.

흠칫 놀라서 곁눈질로 보니 송현주가 눈을 감은 채 고른 호흡을 내뱉었다. 아마도 통화하는 사이에 잠이 든 모양.

'아닌가?'

향긋한 머릿결 내음이 코끝을 간질이며 심장박동이 빠른 진자 운동을 시작했다.

꿀꺽.

마른침을 삼키는 소리가 왜 그렇게 크게 들리는지.

'어떡하지?'

그때 또다시 부르르 몸을 떠는 휴대폰.

우우우웅.

왠지 기다리던 전화일 것 같은 예감이 들었다.

긴장하며 휴대폰을 보던 태수가 다시 꼴깍하고 마른침을 삼켰다.

액정을 보니 역시나 손예지 누나였다.

시간을 보니 새벽 2시가 다 되어 가는 시각.

새벽에 전화할 수도 있다는 말은 했지만 그냥 하는 소리로 만 알았지 정말로 전화해 줄 줄은 몰랐다.

태수는 쿵쾅거리는 가슴을 진정시키며 조심스럽게 휴대폰을 받았다.

"네, 누나."

―혹시 잤니? 목소리가 왜 그래?

태수가 워낙 속삭이듯 작게 말을 한 탓이었다.

"아, 아니에요, 누나. 옆에서 자는 사람이 있어서."

―어, 그래? 누구? 친구? 아니면……?

"아, 예. 치, 친구예요."

―어, 그래? 내가 너무 늦게 전화했지? 내일 전화할까 하다가 혹시 기다릴까 봐.

"아, 아니에요. 저 계속 전화 기다리고 있었어요."

태수는 심장이 바짝 오그라드는 기분을 느끼며 예지 누나의 다음 말을 기다렸다.

―시나리오 다 읽었어.

"……아, 네."

―일단 늦었으니까 간단히 본론만 얘기할게.

"네, 누나."

태수가 꿀꺽 마른침을 삼켰다.

―너 소설가라며?

"네."

―무슨 소설가가 시나리오를 그렇게 잘 써? 너무너무 재밌던데?

"어? 지, 진짜요?"

-그래. 회사하고 얘기를 해 봐야겠지만, 난 〈모텔 파라다이스〉에 출연하고 싶어. 꼭 네가 아니었어도 그 시나리오 봤다면 출연하고 싶었을 거야.

순간 황홀한 전율이 전신을 휘감으며 온몸에 소름이 돋았다.

태수가 감정을 억누르느라 잠깐 눈을 감았다가 떴다.

-제작사가 고스트라인이라고 했나?

저도 모르게 목소리가 떨려 나왔다.

"네, 맞아요, 누나. 고스트라인."

-내가 회사랑 먼저 얘기하고 출연 결정 나면 최대한 빨리 연락 줄게.

"정말 고마워요, 누나."

-고맙긴. 난 네가 워낙 도깨비같이 나타나서 시나리오를 건네기에 조금 걱정이 되긴 했거든. 근데 정말 깜짝 놀랐어. 앞으로 내가 너한테 잘 보여야 할 것 같아.

"에이, 아니에요, 누나."

-아무튼 오늘은 늦었으니까 그만 끊을게. 옆에서 자는 친구 깨겠다.

"네, 들어가세요, 누나."

전화를 끊은 태수가 주먹을 불끈 쥐고 전신을 휘감는 전율에 몸을 부르르 떨었다.

꿈이 이루어진다는 말은 이런 때를 두고 하는 말인 것 같았다.

송현주만 아니면 환호성을 지르며 미친 듯이 옥상을 뛰어다니고 싶은 심정이었다.

그때 송현주가 얼굴을 들었다.

"어…… 방금 여자 목소리였는데…… 오빠한테 누나가 있었어?"

옆을 돌아보니 송현주가 게슴츠레 눈을 뜬 채 태수를 바라보고 있었다.

송현주가 고개를 갸웃하며 말했다.

"이상하네. 오빠 입꼬리가 눈에 붙으려고 그래. 뭐가 그렇게 좋아? 방금 누구야?"

"어, 그러니까 그게…… 손예지."

송현주가 눈을 껌뻑거리며 미간을 좁혔다.

"누구라고?"

"이번에 개봉하는 영화 〈조용한 절규〉에 나오는 배우 손예지 누나라고."

게슴츠레하던 송현주의 두 눈이 번쩍 뜨였다.

"배우 손예지? 로코의 여왕?"

"응."

"저, 정말이야? 진짜 배우 손예지?"

"그렇다니까."

"와, 미친."

송현주가 맥주를 벌컥거리고 마신 후 정색을 하고 물었다.

"손예지가 이 시간에 왜 오빠한테 전화를 해?"

태수가 빙긋 웃고는 그동안 있었던 일들을 송현주에게 모두 털어놓았다.

얘기를 듣는 동안 송현주는 몇 번씩이나 탄성을 쏟아 냈고, 모든 얘기를 다 들려줬을 때는 어느덧 멀리서 새벽의 여명이 밝아 오고 있었다.

창문으로 환한 햇살이 쏟아지는 옥탑방.

침대 머리맡에 놓인 작은 탁상시계가 오전 11시 12분을 가리키고 있었다.

태수는 이불을 둘둘 말아 다리 사이에 끼운 채 아직 잠에 곯아떨어져 있었다.

요 며칠 롤러코스터 같은 나날이 이어지다가 며칠 전부터 갑자기 할 일이 없이 한가해졌다.

손예지 누나는 〈모텔 파라다이스〉 출연을 회사와 계속 협의 중이고 조진호 대표는 수정고를 넣어 놓은 투자사들의 결정을 기다리는 상황.

어차피 시간이 지나야만 결정이 되는 일들이라 기다리는

일 외에 딱히 태수가 할 만한 일은 없었다.

덕분에 어제 모처럼 드림실용예술전문학교에 가서 학보사 후배와 인터뷰도 했고, 용만을 비롯한 미스터리클럽 동생들과 새벽까지 술도 퍼마셨다.

모두 오랜만에 만나 처음엔 살짝 어색했지만, 술이 몇 순배 돌아가자 금방 옛날 분위기로 돌아갔다.

머리도 때리고 장난도 치고.

영화 현장에선 항상 긴장하고 행동도 조심스러웠다. 그래서인지 오랜만에 느껴 보는 편안하고 자유로운 분위기가 무척 행복했다.

용만을 비롯한 동생들이 태수의 얼굴을 보고 성형수술이라도 했냐면서 왜 이렇게 잘생겨졌냐고 한마디씩을 했다. 그것도 한둘이 아니라 모두가 동의했다.

심지어 가장 최근에 만났던 용만조차도.

"형, 얼굴에 무슨 짓을 한 거야? 뭔가 엄청 분위기가 있어졌는데? 소영아, 안 그래?"

소영도 살짝 얼굴을 붉히며 말했다.

"맞아요. 예전하고 뭔지 모르게 분위기가 달라진 것 같아요."

동생들이 그동안 뭘 하면서 지냈냐고 다들 꼬치꼬치 물었지만 태수는 일부러 〈모텔 파라다이스〉와 관련한 얘기는 하지 않았다. 동생들한테는 너무도 멀게 느껴지는 얘기라서 괜히 위화감을 조성하기 싫었던 것이다.

용만은 태수가 복학한다는 사실만으로도 무척 설레는 표정이었다. 그동안 의미 없이 무기력하게 흘려보내던 학교생활에 활력을 얻을 수 있겠다는 기대가 엿보였다.

"형 복학하면 우리 졸업하기 전에 진짜 뭐 하나 제대로 만들어 보자. 대한민국 최고의 장르 문학 공모전에서 대상 탄 형의 필력이 있으니까 옛날하고 다를 거야. 근사한 소설 써서 연영과 애들한테 각색시키고 연출 맡겨서 예전에 출전했던 전국대학생영화제에 도전해 보는 거 어때?"

소영이 곧바로 고개를 저었다.

"솔직히 영화는 우리 전공이 아니라서 한계가 있어. 우리가 아무리 재미있게 스토리를 써도 시나리오로 각색하는 게 중요한데, 연영과 애들 실력이 영 아니라서 기대가 1도 안 된다고."

커플인 정우와 민지도 소영의 말에 동의하며 고개를 끄덕였다.

정우가 말했다.

"맞아, 용만 형. 솔직히 나도 영상에 대한 꿈이 있어서 동아리에 들어왔지만 우리 학교의 한계야. 우리도 필력이 없지만 연영과 애들은 각색도 그렇고 연출 실력 진짜 허접하잖아."

민지도 거들었다.

"작년에 영화제에서 대상 받은 한강대학교 작품 봤지? 완전 프로 수준이잖아. 거기에 비하면 작년에 우리가 만든 영화는…… 후우, 쪽팔려서 어디 가서 말하기도 창피해."

태수가 학교를 그만두면서 작년엔 자기들끼리 작품을 만들어서 출품했던 모양.

용만이 애써 반박을 했다.

"야, 다들 왜 이렇게 부정적이야? 이제 태수 형 왔잖아. 한국 장르문학 공모대전에서 대상 탄 작가가 우리 동아리 회장인데 작년하고 똑같냐? 그리고 누가 대상 타재? 장려상이라도 하나 타면 크레딧에 올라가고 좋잖아. 그리고 한강대학교 애들은 감독 데뷔한 선배들이 다 도와줘서 그런 거야."

소영이 냉소적으로 말했다.

"그러니까. 그렇게 선배들이 도와주는 학교가 한강대학교뿐이겠냐고. 근데 우리 학교는 데뷔한 선배가 없으니까 도와줄 사람도 없잖아. 그럼 결과는 뻔한 거 아냐? 우리가 각색하고 연출할 수도 없고."

썰렁한 분위기 속에 다들 입을 닫았다. 예전의 익숙한 침묵이 찾아왔다.

시작은 창대하지만 언제나 끝은 흐지부지.

뭔가 해 보자고 분위기를 띄우던 용만도 시무룩한 표정으로 애꿎은 술잔만 연거푸 비웠다.

결국은 다시 돌고 돌아 각자의 가슴에 스며드는 짙은 패배 의식.

태수가 다닐 때도 결국은 이런 분위기가 싫어서 동아리 활동도 접었고 학교도 그만뒀다.

하지만 이젠 아니다.

팔짱을 낀 채 가만히 얘기를 듣던 태수가 입을 열었다.

"용만이 말대로 멋진 영화 한 편 만들어 보자. 대신 연영과 애들한테는 기술 파트의 도움만 받고 시나리오와 연출, 기획까지 전부 우리가 주도하는 영화를 만드는 거야."

태수의 말에 술잔을 들이켜던 용만의 눈이 두 배쯤 커졌다.

"형, 그 말 진심이야? 시나리오에 연출까지?"

"그럼 내가 뭐 빈말하겠냐?"

나머지 동생들도 눈을 휘둥그레 뜨고 태수를 바라봤다.

소영이 물었다.

"그럼 각색이랑 연출은 누가 해요?"

"그건 내가 할게."

소영이 무슨 말도 안 되는 소리냐는 듯 목소리를 높였다.

"형이 각색을 한다고요?"

"응, 내가 할 거야."

"아니…… 형이 시나리오 각색을 얼마나 해 봤다고. 이번에 상 탄 건 문학상이지 시나리오 쪽은 아니잖아요. 분야가 완전 다른데."

나머지 동생들도 다들 비슷한 의문을 품은 표정으로 태수를 응시했다.

물론 당연히 예상했던 반응들이다.

동생들에겐 시나리오는커녕 태수가 문학상을 받은 사실조차 실감이 나지 않을 것이다. 예전 태수의 필력은 동아리 내에서도 뛰어난 편이 아니었으니까.

동아리에서 필력이 가장 월등한 소영은 출판까지 기다리지 않고 태수를 보자마자 《비가 오면》을 읽고 싶다며 프린트해서 주면 안 되냐며 계속해서 졸랐다.

보나 마나 태수가 상을 탄 게 믿어지지 않아서 자신의 눈으로 직접 확인해 보고 싶었던 것이다.

태수는 그런 소영의 심리가 훤히 보여서 자꾸만 미소가 떠올랐다.

예전에 각자 소설을 써 와서 합평을 할 때 태수 소설의 단점을 가장 신랄하게 비판했던 사람이 소영이었으니까.

그런데 거기에 더 나아가 소설을 시나리오로 각색하고 연출까지 하겠다니 불신이 생길 수밖에 없다.

태수는 그동안 자신이 겪고 행했던 일들을 말하고 싶어서 목구멍이 간질거렸지만, 아직은 말할 단계가 아니라서 꾹 참았다.

아직은 〈모텔 파라다이스〉의 제작이 결정된 것도 아니고 자신의 입으로 모든 걸 말하기보다 동생들이 자연스럽게 알게 되는 시기가 올 때까지 기다리는 게 더 재미있을 것 같았다.

태수는 이번에 영화 현장과 송현주의 드라마 현장을 경험하면서 정말로 많은 걸 배웠다.

물론 며칠 안 되는 현장 경험으로 얼마나 배웠을까 싶지만 진정한 공부는 〈모텔 파라다이스〉의 시나리오를 쓴 일이다.

완성된 영상을 시나리오로 옮겨 쓰는 과정에서 각색 실력은 물론 연출에 대한 감각도 놀랍도록 좋아졌다.

그 모든 게 영능력이 있었기에 가능했다.

송현주의 드라마 현장을 지켜볼 때는 카메라 앵글만 봐도 콘티가 어느 정도 예상이 됐고, 어떤 편집 과정을 거쳐 어떤 그림으로 완성이 될지 머릿속에 떠오를 정도였으니까.

사실 한강대학교를 버리고 드림대학을 선택한 가장 큰 이유는 한정호 교수의 갑질과 명호 때문이었다.

선택 이후엔 한동안 자신의 결정에 확신이 없어서 계속 불안했다.

아무리 맞지 않는다고 해도 최고의 대학교에서 양질의 수업을 들으며 권위 있는 교수한테 배우는 쪽이 훨씬 낫지 않았을까 계속 의심이 들었던 것이다.

하지만 지금은 티끌만큼의 후회도 없었다.

한강대학교의 수업은 물론이고 한정호 교수의 가르침도

결국은 아마추어 수준을 벗어나기 어렵다.

근데 자신은 지난 며칠 동안 이미 진짜 영화 현장을 경험했을 뿐만 아니라 상업 영화의 시나리오 각색까지 했다.

영화 제작사 대표가 자신이 쓴 수정고를 들고 투자사를 찾아다니고 있고, 심지어 손예지 누나도 그 시나리오를 읽고 출연을 결심했을 정도다.

비록 오리지널 시나리오를 읽고 떠오른 영상이긴 했지만 앞으로도 시나리오를 읽으면 영상은 계속 떠오를 테니 전혀 문제가 되지 않는다.

그 영상을 보면서 꾸준히 공부하다 보면 그 어떤 영화보다 경쟁력 있는 시나리오를 쓸 자신이 있었다.

남은 건 연출력인데 지나고 보니 그것도 전혀 문제가 될 것 같지 않았다.

앞으로 자신이 쓰는 모든 시나리오는 영상으로 먼저 볼 수가 있다.

그걸 보면서 시나리오를 수정하면 자연스럽게 시나리오의 완성도도 높아지고 연출력이 길러질 수밖에 없다.

박홍식 감독이 태수에게 당장 연출을 해도 잘할 것 같다는 얘기를 했던 것도 괜한 말이 아니었던 것이다.

다만 영화는 혼자 만들 수 없다. 더구나 아직은 경력도 없는 태수의 입장에선 자신을 따르는 스태프와 동료, 배우가 곁에 있는 게 중요하다.

그런 면에서 미스터리클럽은 태수가 부족한 연출력을 기르면서 영상에 대한 다양한 시도를 해 볼 수 있는 최적의 환경이다.

연출력을 기르는 데 많은 영화를 만들어 보는 것보다 좋은 공부는 없다.

우선 1차 목표는 학기 말에 열리는 전국대학생영화제에서 대상을 수상하는 것이다.

지난 몇 년 동안 영화제 대상은 한강대학교에서 싹쓸이하다시피 했다.

소영의 말처럼 한국 영화계에서 영향력을 가지고 있는 한강대학교 출신 선배 감독들이 도움을 주기 때문이다.

명호도 바로 그 영화제에서 2년 전 대상을 수상한 후 곧바로 상업 영화의 감독으로 데뷔를 했다. 따라서 한강대학교에서 출품하는 영화는 웬만한 독립 영화보다 완성도가 높다는 평가를 받는다.

거기에 영화제를 주관하는 기관이 다름 아닌 한강대학교다. 문창과 학과장인 한정호 교수가 매년 심사위원으로 참가하는 이유도 그래서고.

태수는 영화제에서 한정호 교수에게 보란 듯이 카운터펀치를 먹이고 싶었다.

한정호 교수가 그토록 비하하던 지잡대 출신도 얼마든지 뛰어난 작품을 만들 수 있다는 걸 보여 줘서 세상을 바라보는 그의 시선이 얼마나 잘못되고 왜곡됐는지 가르쳐 주고 싶었다.

또한 명호에게도 자신의 존재를 알려 주고 싶었다.

명호가 그토록 무시하고 멸시했던 자신이 지금 뒤꽁무니를 바짝 쫓아가고 있으니 긴장하라는 경고를 던지고 싶었다.

영화제에서 상을 탄 이후에는 장편 독립 영화를 만들어서 영화제에서 상을 받은 후 상업 영화의 감독으로 데뷔하는 꿈을 꿨다.

이제 복학하면 열심히 동생들과 영화를 만들어 볼 작정이었다.

만약 〈모텔 파라다이스〉가 제작에 들어가면 양쪽을 오가며 정말 정신없는 하루하루가 이어질 것이다.

그런 작업을 통해 동생들도 안목이 넓어지고 훌륭한 경력을 쌓을 수가 있다.

미스터리클럽에는 전공은 문학이지만 광고 회사나 프로덕션 같은 곳에서 영상 일을 하고 싶어 하는 친구들이 모인 동아리다.

소설을 쓰지만 다들 영상에 대한 열정이 가득한 친구들인 것이다.

태수가 생각하는 영화에 대한 눈높이가 상업 영화에 맞춰져 있는 만큼 함께 작업을 하다 보면 동생들의 눈높이도 자연스럽게 올라갈 것이다.

길만 밝혀 준다면 다들 누구 못지않게 열심히 청춘을 불태울 친구들이다.

공부를 잘한다고 영화에 대한 재능이 있는 건 아니다.

드림대학 학생들이 무기력한 건 지잡대라서가 아니라 그들이 열정을 쏟을 수 있는 기회와 동기가 주어지지 않았기 때문이다.

태수는 아직도 기억하고 있었다.

처음 동아리를 만들었을 때 매일 밤을 새워 가며 프로젝트를 기획하고 스토리를 짜던 동생들의 눈빛이 세상 누구보다 번뜩였고 열정이 넘쳤다는 것을.

태수가 동생들을 둘러보며 말했다.

"지금은 무조건 날 믿고 따르라는 말 외에는 할 말이 없다. 함께 일을 하면서 영 아니다 싶으면 그때 나한테 말을 해. 그리고 강요는 하지 않아, 정말 절실하게 이 길을 가고 싶은 사람만 참여하면 돼. 그리고 영화 외에 다양한 영상 작업을 해서 유튜브에 올리고 우리 클럽을 알리는 작업도 하게될 거야."

태수는 그동안 자신이 품고 있던 다양한 생각들을 동생들에게 들려줬다.

태수는 명예에 대한 욕망이 유독 강했다. 뭔가 세상에 족적을 남길 수 있는 일을 하고 많은 사람들에게 인정을 받고 싶은 욕심.

비록 대학은 듣보잡이지만 자신이 만든 미스터리클럽을 한강대학교의 영화 동아리인 북극성보다 유명한 영상 동아리로 만들고 싶었다.

몇 년 후에는 뛰어난 학생들이 미스터리클럽에 들어오기 위해 드림대학에 입학한다는 소리를 듣고 싶었다. 미스터리클럽에서 유명 영화감독이 배출되는 모습도 보고 싶었다.

"앞으로 프로젝트와 관련된 모든 진행비는 내가 책임질게. 그러니까 앞으로 더 이상 밥값 걱정은 하지 않아도 돼."

예전에 영화 제작을 할 때 미스터리클럽 회원들은 연출부와 제작부가 되어 연영과를 도왔다. 하지만 매번 진행비가 부족해서 어려움을 겪었다.

밥도 두 끼를 한 끼로 줄였고 촬영 일수를 줄이느라 급하게 찍는 일도 많았다.

하지만 이젠 돈 걱정을 하지 않아도 된다. 그 정도는 얼마든지 마련할 자신이 있었다.

삼겹살을 입에 넣던 용만이 진행비를 책임지겠다는 태수의 소리에 목이 막힌 듯 캑캑거렸다.

정우가 물었다.

"형이 혼자 진행비를 다 댄다고? 단편영화 한편 만들면 아무리 아껴도 진행비가 30만 원은 들 텐데?"

"내가 그거 모르겠냐? 그냥 너희들은 내 말 믿고 따라오기나 해. 내가 예전에도 능력은 없었지만 한번 뱉은 말은 책임을 지지 않았냐?"

용만이 삼겹살을 우물거리면서 말했다.

"그렇지, 그렇지. 태수 형이 책임감하고 의리 빼면 시체잖아. 그래서 내가 태수 형 좋아하는 거고."

그럼에도 불구하고 다들 믿어야 할지 말아야 할지 헷갈리는 표정들.

하지만 태수는 걱정하지 않았다. 어차피 자신의 말이라면 결국 믿고 따라올 동생들이란 걸 알고 있으니까.

동생들을 돌아보며 마지막으로 당부했다.

"본격적으로 프로젝트를 진행하기 전에 우리 동아리에 어울리는 좋은 이름을 지었으면 해. 미스터리클럽 말고 한번 들으면 잊히지 않는 멋진 이름으로, 다음 모임까지 각자 하나씩 생각해 와, 알았지?"

아침 햇살이 잠든 태수의 얼굴 위로 쏟아졌다.

꿈속에서도 후배들과 달콤한 시간을 가지는 듯 태수의 얼굴에 내내 흐뭇한 미소가 걸려 있었다.

우우우우웅.

아까부터 휴대폰 벨소리가 집요하게 고막을 두드렸다.

태수가 팔을 더듬어 이불 속에 숨어 있는 휴대폰을 찾아 귀에 갖다 댔다.

"여보세요?"

─장태수 작가님이신가요?

"네, 맞는데 누구시죠?"

─아, 안녕하세요. 저는 민영사 편집팀 강수인 팀장입니다. 시상식 때 뵈었는데.

출판사라는 말에 태수가 자리에서 벌떡 일어나 앉았다.

'강수인 팀장?'

시상식 때 봤다고 하는데 누군지 전혀 기억이 나지 않았다. 시간이 많이 흐른 데다 그날 만난 사람이 워낙 많기도 했고.

"아, 예. 안녕하세요?"

─《비가 오면》 출간 관련해서 상의를 좀 드려야 할 것 같은데 시간 괜찮으시면 좀 뵐 수 있을까요?

"언제요?"

─지금 원고가 교정 중인데 표지 컨펌도 해야 하고 또 한정호 교수님 추천사 관련해서 드릴 말씀도 있고 해서 가능한 빨리 뵀으면 하는데요.

한정호 교수 얘기가 나오자 저도 모르게 미간이 찌푸려졌다.

"전 오늘 시간 괜찮은데요."

─아, 그래요? 잘됐네요. 그럼 있다가 3시에 출판사에서 뵐 수 있을까요?

"알겠습니다. 그때 뵙겠습니다."

명실공히 국내 최고의 출판사라 할 수 있는 민영사.

40년 전통으로 국내에서 내로라하는 순문학 작가들이 이곳에서 책을 출간했고, 몇 년 전부터는 한강재단과 함께 한국 장르문학 공모대전을 개최하면서 장르 문학 쪽으로도 영역을 넓혀 가는 출판사다.

고즈넉한 동네에 들어서자 앞쪽에 가정집을 연상시키는 2층 건물이 보였다. 안으로 들어서면 문학의 향기가 가득할 것 같은 분위기.

예전 같으면 민영사 편집팀장을 만나는 것만으로도 심장이 뛰고 주눅이 들었을 터.

하지만 오늘은 예전의 태수가 아니다.

실내로 들어서자 고풍스러운 인테리어와 함께 입구에 있던 직원이 응대했다.

"어떻게 오셨어요?"

"강수인 팀장님 뵈러 왔는데요."

"아, 네. 잠시만요."

직원이 전화 통화를 하고는 물었다.

"혹시 장태수 작가님이신가요?"

"예, 맞습니다."

"2층 회의실로 올라가시면 되세요."

계단을 올라가자 좌우로 사무실들이 보였고 안쪽에 회의실이라 적힌 팻말이 보였다.

회의실 문을 열자 강수인 팀장이 태수를 맞았다.

막상 얼굴을 보니 기억이 났다. 시상식 때 이리저리 뛰어다니면서 행사를 진행하던 30대 후반의 남자.

"안녕하세요, 작가님. 잘 지내셨어요?"

"네, 안녕하세요."

"차 드실래요? 커피나 녹차 있거든요."

"아뇨, 전 그냥 물 마실게요."

강수인 팀장이 물 잔을 앞에 놓고는 탁자를 마주 보고 앉았다.

가만히 태수를 바라보던 강수인 팀장이 고개를 갸웃했다.

"왜 그러세요? 제 얼굴에 뭐라도 묻었나요?"

"아뇨, 그게 아니라 시상식 때 봤을 때하고 뭔지 모르게 많이 달라진 것 같아서요. 실례가 될지 모르지만 뭐랄까……그때보다 좀 더 작가다워졌다고 해야 하나?"

"그래요?"

어제 학교 후배들한테도 달라졌다는 소리를 들었는데, 오늘 또 같은 소리를 들으니 기분이 이상했다. 자신이 보기엔 별로 변한 게 없는 것 같은데.

강수인 팀장이 웃으면서 말했다.

"하하, 너무 신경 쓰지 마세요. 그냥 저한테 그렇게 보이나 봐요."

"아, 네."

"작가님은 그동안 어떻게 지내셨어요?"

"예, 뭐 이것저것하면서 그냥 지냈어요."

"새로운 작품은요?"

소설 대신 시나리오를 썼다는 말을 하려다가 그만뒀다.

"아뇨, 신작은 아직."

"아, 네. 다름이 아니라 ≪비가 오면≫ 표지가 나와서요."

책 표지가 나왔다는 소리에 심장이 두근거리며 설레기 시작했다.

장태수의 이름으로 나오는 첫 번째 책.

이 순간을 얼마나 오랫동안 기다려 왔던가.

밤마다 잠자리에 들기 전 꿈처럼 상상하던 순간들.

표지 뒷장에 사인을 해서 가족과 지인들에게 돌리는 모습.

서점 진열대에 놓여 있는 책을 바라보며 남몰래 웃음 짓는 모습.

지하철 좌석에 앉아 ≪비가 오면≫을 읽고 있는 독자를 발견하고 그 독자의 표정을 살피면서 남몰래 웃음 짓는 은밀한 기쁨.

태수가 그런 생각에 빠져 있을 때 강수인 팀장이 책상 위에 놓여 있던 서류를 가지고 왔다.

그가 서류 사이에서 표지 시안을 꺼내며 말했다.

"일단 시안이니까 작가님이 보시고 의견 주시면 수정하도록 하겠습니다."

태수는 두근거리는 심정으로 표지 시안을 받아 들었다.

자동차 앞 유리에 빗방울이 떨어지고 그 유리창 너머에 흐릿하게 누군가의 실루엣이 보이는 표지였다.

≪비가 오면≫이라는 책 제목 아래 제7회 한국 장르문학 공모대전 대상 수상작이라는 커다란 홍보 문구와 함께 한국형 미스터리 스릴러라는 글자들이 보였다.

전체적으로 어둡고 몽환적인 느낌이 물씬 풍기는 민영사의 전형적인 표지였다.

나쁘진 않았지만 태수에겐 진즉 마음에 둔 자신의 표지가 머릿속에 이미 들어 있었다.

바로 환상 속에서 소영희가 들고 보던 ≪비가 오면≫의 표지였다.

강수인 팀장이 눈치를 살피며 물었다.

"왜요? 마음에 안 드세요?"

"음, 제가 생각해 둔 표지가 있어서 그런데 말씀드려도 될까요?"

"아, 그, 그럼요."

"필기구하고 종이 좀……."

강수인 팀장이 살짝 당황한 기색으로 연필과 지우개, A4 용지 한 장을 건넸다.

작가한테 보여 주는 표지 시안이라면 이미 내부 회의를 통해 검토가 끝난 시안일 가능성이 높다. 근데 작가가 아예 디자인을 뒤집을 기세니 당황할 수밖에.

태수는 그림을 잘 그리는 편은 아니지만 머릿속에 있는 이미지를 전달할 정도의 그림 실력은 가지고 있었다.

태수가 연필을 들고 영상 속에서 봤던 책의 표지를 구체적으로 떠올렸다.

공기가 흔들리며 시간의 흐름이 느려졌다.

화르르르륵.

이전에 봤던 환상 속 장면이 떠올랐다.

소영희가 소파에 앉아 책을 읽고 있었다.

책의 표지에 집중하자 마치 줌으로 끌어당기듯 표지가 확대되어 눈앞으로 다가왔다.

파란색 바탕에 가운데가 찢어져서 틈이 벌어진 것 같은 그림.

표지 상단에 붉은색으로 ≪비가 오면≫이라는 제목이 인쇄되어 있었고 그 아래에 '제7회 한국 장르문학 공모대전 대상 수상작'이라는 문구가 새겨져 있었다.

환상 속에서 본 표지는 출판사에서 준비한 시안에 비해 훨씬 강렬하면서도 미스터리 스릴러의 분위기를 잘 살린 표지였다.

책에만 시선을 집중해서 보던 태수의 시야에 흐릿하게 들어오는 물체가 있었다.

소영희가 앉아 있는 앞쪽 테이블 위에 놓여 있는 기다란 종이처럼 생긴 물체.

이전에는 책만 보느라 발견을 못 한 모양이었다.

'저게 뭐지?'

집중해서 보자 흐릿하던 형태가 점점 또렷하게 모습을 드러냈다.

'저거 띠지 아냐?'

그러고 보니 책에 둘러져 있는 띠지를 따로 벗겨서 올려놓은 모양.

주위에 다른 책이 없으니 자연스럽게 ≪비가 오면≫의 띠지라는 생각이 들었다.

'혹시 책에 띠지를 두르게 되는 건가?'

요즘 소설은 띠지를 두르는 게 유행이지만 대부분의 민영사 책들은 띠지를 두르지 않는다.

강수인 팀장도 띠지에 대한 얘기는 따로 없었다.

띠지에 적혀 있는 글자들이 궁금해서 다시 집중력을 높이자 종이가 확대되어 눈앞으로 다가왔다.

'뭐라고 적은 거야?'

커다란 메인타이틀이 보였고 그 아래에 작은 글자들이 기사 형식으로 빼곡하게 적혀 있었다.

메인타이틀의 내용은 이랬다.

'한국 공포 영화의 흥행 역사를 새로 쓴 〈모텔 파라다이스〉의 제작사 고스트라인, ≪비가 오면≫ 전격 영화화 결정!'

글의 내용과 의미를 완전히 이해하기까지 몇 초의 시간이 흘렀다.

짧은 문장이지만 그 속에 내포된 엄청난 내용에 감정을 주체하기 힘들었다.

'〈모텔 파라다이스〉가 투자를 받을 뿐만 아니라 한국 공포 영화 역사를 새롭게 쓸 정도의 흥행을 한다니. 한국 공포 영화의 최고 기록이 어떤 영화였더라?'

기억을 더듬어 보니 한국 공포 영화사에서 최고의 관객 수를 기록한 영화는 김지운 감독의 〈장화, 홍련〉이었다. 관객 수는 대충 300만을 넘었던 것 같고.

'그럼 〈모텔 파라다이스〉의 관객 수가 300만을 넘는다는 말인가?'

〈모텔 파라다이스〉는 〈장화, 홍련〉보다도 훨씬 저예산 영화인데 관객 300만 명을 돌파한다는 건 그야말로 엄청난 흥행을 한다는 얘기다.

그것도 자신이 수정 각본을 쓴 영화가 말이다.

하긴 손예지 누나가 주연을 맡고 자신이 쓴 각본에 맞춰서 박홍식 감독이 충실하게 연출만 잘해 준다면 충분히 재미있고 무서운 공포 영화가 탄생할 것 같았다.

아무리 신기로 보는 미래의 시간이라지만 너무도 놀라운

결과였다.

이어서 적혀 있는 문구도 흥미로웠다.

'〈모텔 파라다이스〉의 제작사 고스트라인, ≪비가 오면≫ 전격 영화화 결정!'

≪비가 오면≫이 조진호 대표의 고스트라인과 영화화 판권 계약을 체결한다는 내용.

하긴 태수 역시 ≪비가 오면≫의 판권 계약을 한다면 고스트라인과 하고 싶다는 생각을 하고 있었다.

지금까지 겪어 본 조진호 대표는 사람도 좋고 공포 영화에 대한 열정도 남달라 보였다.

당장은 영화가 엎어지는 바람에 엄청난 빚을 떠안게 생겼지만, 〈모텔 파라다이스〉가 3백만을 돌파한다면 빚은 갚고도 남을 것이다.

빚을 갚은 조진호 대표가 ≪비가 오면≫의 판권을 구입해서 함께 의기투합해 영화를 제작한다는 생각을 하니, 저절로 심장이 두근거렸다.

태수는 환상을 보는 시간이 길어지면 귀기도 그만큼 많이 소모된다는 걸 알면서도 마치 달콤한 꿈에서 깨어나기 싫은 어린아이처럼 띠지에서 눈을 뗄 수가 없었다.

띠지의 커다란 타이틀 아래로는 기사처럼 빼곡하게 글자들이 적혀 있었다.

보나 마나 자신과 관련된 글일 테니 아주 사소한 내용이라도 궁금해서 견딜 수가 없었다.

다시 집중력을 발휘해서 띠지에 적힌 작은 글자들을 확대시켰다.

화르르륵.

작은 글자들이 확대되어 시야에 들어왔다.

'한국 문단의 걸출한 스토리텔러 정태수 작가, 첫 장편소설 ≪비가 오면≫의 베스트셀러 등극에 이어 각본을 맡은 공포 영화 〈모텔 파라다이스〉까지 연이은 흥행 폭발! 첫 장편소설 ≪비가 오면≫의 각색도 직접 맡아 고스트라인과 다시 호흡을 맞출 예정!'

'≪비가 오면≫이 베스트셀러에 등극한다고? 그리고 한국 문단의 걸출한 스토리텔러……?'

순간 환상이라는 걸 알면서도 벅찬 감정이 주체가 되지 않았다. 전율과 함께 사시나무처럼 몸이 떨려 왔고 목구멍 아래에서 뜨거운 감동이 밀려 올라왔다.

'마, 말도 안 돼.'

시야가 흐려지며 눈시울이 뜨거워졌다.

그동안 꿈같은 일들이 연이어 벌어졌지만 자신을 바라보는 세상의 시선이 변한 건 아니기에 크게 실감을 하지 못했다.

그런데 띠지에 새겨진 장태수라는 이름과 문구들을 보는

순간 자신에게 벌어지고 있는 지금의 일들이 얼마나 대단한 것들인지 비로소 실감할 수가 있었다.

'베스트셀러라니. 한국 문단의 걸출한 스토리텔러라니.'

그 엄청난 표현들이 자신을 가리키는 수식어라는 게 도무지 실감이 나지 않았다.

띠지의 내용으로만 보면 자신이 단순한 소설가나 시나리오 작가가 아니라 일거수일투족까지 많은 언론의 주목을 받는 사람이 되어 있다는 걸 짐작할 수가 있었다.

'그동안 살아오면서 얼마나 사람들의 주목을 받고 싶었나. 얼마나 인정을 받고 싶었나.'

태수가 유난히 명예욕이 강했던 것도 바로 그런 이유 때문이었다.

더불어 영능력을 얻기 전까지 세상을 원망하며 살았던 고난의 시간들이 주마등처럼 뇌리를 스쳐 지나갔다.

살아오면서 아무한테도 주목받지 못하고 항상 불운이 쫓아다니던, 영원한 엑스트라이던 자신의 삶이 어느 순간부터 주인공으로 변해 가고 있는 것이다.

'어떻게 이럴 수가. 나처럼 보잘것없는 놈한테 어떻게 이런 일이 벌어질 수가 있지?'

저절로 눈물이 흘렀다.

태수는 환상이라는 것도 잊은 채 하염없이 뜨거운 눈물을 흘렸다.

퇴마하는 톱스타

그 눈물은 마치 꿈을 꿀 때 흘리는 눈물과 흡사해서 시간
이 느리게 흐르는 현실의 강수인 팀장은 전혀 눈치채지 못
했다.

'엄마가 이런 사실을 알게 되면 얼마나 기뻐하실까? 형과
혜령이, 돌아가신 아버지가 알게 된다면 얼마나 좋아하실까?'

태수는 비로소 자신이 얼마나 대단한 능력을 얻었는지 확
실히 깨달았다.

태수는 자신의 의식 어딘가에 존재하고 있을 노인에게 진
작 했어야 할 감사의 인사를 뒤늦게 건넸다.

'어르신 감사합니다. 정말 감사합니다!'

띠지와 시야가 흐릿해지고 허공에 떠 있던 환상도 흐려지
고 있었다.

"작가님? 작가님!"

자신을 부르는 강수인 팀장의 목소리에 태수가 비로소 정
신을 차렸다. 두 눈이 촉촉하게 젖어 있었지만 눈물이 흐르
지는 않았다.

강수인 팀장이 의아한 표정으로 물었다.

"무슨 생각을 그렇게 골똘히 하세요? 표지 상상하면서 뭔
가 즐거운 아이디어가 떠오르신 것 같은데."

"네, 맞습니다. 괜찮은 표지 아이디어가 떠올라서요."

얼렁뚱땅 대답은 했지만 폭풍처럼 휘몰아치는 흥분은 쉽

게 가라앉지 않았다.

　태수는 자신의 마음을 다잡으며 최대한 냉철하려고 애썼다.

　'그래, 미래라고 변하지 않는 건 아니야. 그 미래를 진짜 내 것으로 만들려면, 지금부터 정신을 똑바로 차리고 최선을 다하면서 살아야 해.'

　일단은 눈앞의 책 표지를 환상 속에서 본 것과 최대한 비슷하게 그려서 전달하는 게 중요했다.

　비록 미래가 정해져 있다고 해도 최선을 다하지 않으면 그 미래는 언제든 달라질 수 있으니까.

　태수는 연필을 고쳐 잡으며 스스로에게 다짐했다.

　'태수야…… 넌 할 수 있어!'

　태수는 연필로 바탕은 파란색이라고 쓰고 가운데가 찢어져서 틈이 벌어진 그림을 그린 후 표지 상단에 붉은색 글자 표기를 한 다음 ≪비가 오면≫의 글자를 그려 넣었다.

　띠지에 대한 설명은 하고 싶어도 할 수가 없다.

　지금은 일어나지 않은 일이니까.

　띠지는 시기상으로 〈모텔 파라다이스〉가 개봉을 하고 난 후에 추가로 제작한 게 틀림없다.

　그사이에 고스트라인 조진호 대표와 ≪비가 오면≫의 영화 판권 계약을 했을 테고.

　태수가 건네준 표지 그림을 들고 보던 강수인 팀장의 눈빛에 이채가 감돌았다.

민영사의 편집부에서 헤아릴 수도 없이 많은 책을 만들며 잔뼈가 굵은 강수인이다. 책 표지에 관한 한 웬만한 전공자 못지않은 안목이 있다.

가끔 의욕이 넘치는 저자가 직접 표지 디자인에 대한 의견을 내는 경우가 있지만, 대부분은 쓸모가 없다. 저자는 소설가지 표지 디자이너가 아니기 때문이다.

하지만 태수가 그린 표지 디자인은 달랐다.

단순하면서도 단번에 사람들의 이목과 호기심을 자극하는 표지였다.

보통 내부에서 컨펌한 표지 디자인을 변경하면 디자이너들이 무척 싫어한다. 근데 이 시안을 넘겨주면 시안을 만든 박인경 씨도 기꺼이 받아들일 것 같았다.

"이 느낌 괜찮은데요? 디자인 쪽으로도 상당히 감각이 있으신가 봐요."

"그런 건 아니고요. 그냥 갑자기 이미지가 떠올라서요."

"알겠습니다. 저희가 회의를 거쳐서 확정되면 연락드리겠습니다."

강수인 팀장의 표정으로 봐서는 디자인에 만족하는 눈치였다.

예정된 미래에 변화가 생기지 않도록 최선을 다해야 하는 태수의 입장으로선 다행스러운 일이 아닐 수 없었다.

"책은 언제쯤 출간되나요?"

"음, 지금 교정 작업 중이니까 표지만 나오면 늦어도 다음 달 중으로는 서점에 배포가 될 것 같습니다."

태수가 그린 표지 시안을 서류철에 집어넣은 강수인 팀장이 고개를 들고 말했다.

"오늘 뵙자고 한 건 다름이 아니라 이번 공모전 심사위원장이신 한강대학교 한정호 교수님 추천사를 받아야 하는데, 그 전에 찾아뵙고 인사라도 드리는 게 도리가 아닐까 싶어서요."

한정호 교수 이름이 나오는 순간, 지금까지의 행복했던 기분이 한순간에 사라졌다.

겨우 스물넷밖에 되지 않은 작가가 건방지게 군다는 소리는 듣고 싶지 않지만, 한정호 교수를 일부러 찾아가서 인사하고 싶은 생각은 추호도 없었다.

차라리 추천사를 안 받는 한이 있더라도.

"아, 저는……."

추천사가 필요 없다는 말을 하려는데, 강수인 팀장이 먼저 말허리를 자르고 끼어들었다.

"마침 한정호 교수님이 오늘 저희 대표님하고 약속이 있으셔서 출판사에 와 계시거든요. 지금 대표실에 계실 텐데 잠깐 들러서 인사를……."

그때 기다렸다는 듯 회의실 문이 열리고 한정호 교수가 안으로 들어섰다.

분위기를 봐서는 태수가 왔다는 걸 미리 알고 일부러 들른 모양.

거의 한 달 만에 다시 보는 한정호 교수였다.

강수인 팀장이 얼른 다가가서 인사를 했다.

"마침 오셨네요, 교수님. 여기 장태수 작가 와 있습니다."

"안녕하세요?"

태수가 마지못해 인사를 하자 한정호 교수가 거만하게 고개를 끄덕이고는 말했다.

"앉지."

한정호 교수가 몸을 뒤로 젖힌 채 거만한 눈길로 태수를 응시했다.

태수도 그런 한정호 교수의 눈길을 피하지 않고 마주 바라봤다.

시상식 때 그토록 대단한 존재로 느껴지던 한정호 교수가 지금은 사리사욕에 물든 속 좁고 탐욕스러운 노인네처럼 보였다.

"그래, 자네 학교 이름이 뭐라고 했지? 드림예술⋯⋯?"

'알면서 저러는 걸까, 아니면 정말 몰라서 묻는 걸까?'

옆에 있던 강수인 팀장이 얼른 대답했다.

"드림실용예술전문대학입니다."

"아, 그래. 드림예술. 저자 프로필에 굳이 학교 이름은 넣을 필요가 없지 않나?"

태수한테 물어본 말인데 이번에도 옆에 있던 강수인 팀장이 얼른 대답했다.

"아, 예. 뭐 굳이……."

한정호 교수가 왜 그런 소리를 했는지는 물어보지 않아도 알 만했다.

당연하다는 듯 고개를 끄덕이는 한정호 교수의 면전에 대고 태수가 분명하게 말했다.

"그냥 넣어 주십시오, 제 학교 이름."

태수의 말에 한정호 교수는 물론 강수인 팀장도 놀라서 돌아봤다.

태수가 한 번 더 강조하듯 말했다.

"프로필에 드림실용예술전문대학에 재학 중이란 말을 넣어 주셨으면 합니다."

강수인 팀장이 당황한 표정으로 얼버무렸다.

"아, 예. 작가님이 원하신다면야 당연히……."

한정호 교수의 얼굴이 교활한 늙은이처럼 기묘하게 뒤틀렸다. 노골적인 멸시와 거짓 웃음이 뒤섞인 표정.

"자네 가만 보면 반골의 기질이 있구먼. 뭐든 순리대로 가는 걸 거역하는 기질 말이야. 예전 같으면 반란이라도 일으켰을 상이야."

"그런가요? 그런 소리는 처음 들어서. 아마도 교수님이 생각하는 순리와 제가 생각하는 순리가 달라서 그런 것 같습니다."

묘하게 상대를 비꼬는 한정호 교수의 화술에 태수 또한 한마디도 지고 싶지 않았다.

예전이라면 모르지만 현재의 한정호 교수는 태수에게 전혀 영향력을 발휘할 수 없는 사람이다.

그 사실을 태수만 알고 있다는 게 안타까울 뿐.

하지만 상관없다.

어차피 시간은 흐를 테고 ≪비가 오면≫이 베스트셀러에, 〈모텔 파라다이스〉는 극장가에 공포 영화의 바람을 몰고 올 테니까.

그때 한정호 교수가 어떤 표정을 지을지 벌써부터 궁금해졌다.

옆에서 불안하게 둘의 대화를 지켜보던 강수인 팀장이 얼른 끼어들었다.

"저기…… 교수님 추천사는 어떻게 할까요?"

한정호 교수가 가늘게 뜬 눈으로 태수를 보고 말했다.

"공모전 역대 대상 수상자들이 자네까지 일곱인데 후속작을 낸 작가가 셋밖에 없네. 우연인지 그 세 명의 작가가 모두 내 제자들이야. 지금 활발하게 활동하는 신진 작가들이니 아마 자네도 누군지 알고 있을 걸세."

"……"

"내가 하고자 하는 말은 소재가 좋아서 운이 좀 따르는 작가들이 있지. 소위 말하는 소재빨이라고 하는. 난 자네가 혹시라도 그런 작가가 될까 봐 걱정이 되네. 그래서 추천사를 써 주는 것도 조심스럽고."

"교수님."

태수의 부름에 한정호 교수가 눈을 치켜떴다.

"추천사 써 주시지 않으셔도 됩니다. 교수님 추천사를 받기엔 제 글이 너무 부족한 것 같아서요. 추천사는 제가 사양하겠습니다."

"뭐, 뭐라고?"

아슬아슬한 두 사람의 대화를 지켜보던 강수인 팀장이 참지 못하고 끼어들었다.

"장 작가님."

지금껏 애써 근엄한 표정을 유지하던 한정호 교수의 얼굴이 일그러졌다.

"그런 식으로 나한테 대들고 문단에서 살아남을 수 있을 것 같나? 적어도 대한민국에서 책을 내고 평론가들의 평론하나라도 받으려면……."

"전 평론가들 눈치 보지 않고 독자들만 보고 달려가겠습니다. 그리고 제가 앞으로는 소설보다 영화 쪽 일을 더 많이 할 것 같습니다. 교수님이 저한테 해 주실 일이 별로 없으실 거예요."

한정호 교수가 어이가 없다는 얼굴로 코웃음을 쳤다.

"방금 영화라고 했나? 영화? 허허, 이 친구 보게? 자네가 영화에 대해서 뭘 아나? 시나리오에 대해 알아? 연출을 알아? 영화 촬영 현장을 한번 구경해 보기라도 했어? 내가 문창과 교수지만 영화 일도 오랫동안 해 온 사람이야."

아무리 참아 주려고 해도 더 이상은 짜증이 나서 가만히 있을 수가 없었다.

"교수님은 상대에 대해 잘 모르시면서 늘 단정적으로 말하시는 버릇이 있으시네요. 하긴 백 마디 말보다 나중에라도 직접 보여 드리는 게 낫겠죠."

"흥. 자네가 나한테 보여 줄 게 뭐가 있어?"

"올해 한국대학생영화제에 작품을 출품하려고 합니다. 교수님이 심사위원이라고 들었습니다. 그때 판단해 주십시오."

"뭐? 한국대학생영화제에 출품을 한다고?"

그때 회의실 문이 열리며 민영사 박홍구 편집장이 안으로 들어섰다. 민영사의 편집장이라서 시상식 때 봤던 기억이 있었다.

"안녕하세요, 편집장님?"

"아이고, 장태수 작가님. 오랜만이네요. 어? 교수님 아직 안 가셨네요?"

강수인 팀장이 얼른 대답했다.

"≪비가 오면≫ 추천사 때문에……."

"아참, 그렇지."

사정을 모르는 박홍구 편집장이 한정호 교수를 돌아보고 말했다.

"교수님, 우리 장 작가님 추천사 잘 좀 써 주십시오. 평론가들한테 잘 좀 말씀해 주시고요."

한정호 교수가 빈정대듯 대답했다.

"그거야 내가 어련히 알아서 하겠소?"

강수인 팀장이 그런 편집장에게 손짓 발짓을 하며 눈치를 줬다.

편집장이 무슨 소리냐는 듯 어깨를 으쓱하고는 물었다.

"참, 강 팀장, 손예지 씨 〈나는 나를 모른다〉 표지 나왔어?"

"아, 예. 오늘 시안 나왔습니다."

"그것 좀 줘 봐. 손예지 씨가 보고 싶어 하니까."

강수인 팀장이 놀라서 물었다.

"어? 손예지 씨가 출판사에 와 있나요?"

"그래. 근처에 촬영 있어서 잠깐 들르셨대. 워낙 바쁘셔서 오늘 아니면 다시 또 들르기 힘들다고 하니까 얼른 찾아 줘."

"예. 아, 알겠습니다."

손예지라는 소리에 태수의 눈이 휘둥그레졌다.

'예지 누나가 출판사에 와 있다고?'

한정호 교수가 알은체를 했다.

"히야, 편집장 큰 건 했네? 손예지 씨 수필집 내는 거야?"

"아, 예. 그냥 우연히 자리를 같이할 기회가 있어서 배우 생활 하면서 느낀 점들을 정리해서 에세이 형식으로 내 보면 어떨까 말씀을 드렸더니 의외로 쉽게 승낙을 하시더라고요."

"대단하네. 요금 손예지 씨 정말 핫한데. 내가 몇 달 전에 〈조용한 절규〉 제작 발표회 갔다가 손예지 씨하고 인사 한번 나눴는데. 기억을 하려나?"

편집장이 어색하게 웃으며 말했다.

"아, 교수님도 손예지 씨랑 안면이 있으시군요."

한정호 교수가 태수를 힐끗 보면서 말했다.

"내가 영화 쪽 일을 워낙 많이 하잖아. 배우들 많이 알지. 감독도 많이 알고. 참 블루스톰에서 다음 영화에 손예지 씨 캐스팅하고 싶어 하던데."

"아, 블루스톰 대표가 교수님 후배라고 하셨죠? 요즘도 블루스톰하고 작업 많이 하시나 봐요? 최근엔 작품이 좀 뜸한 것 같던데."

"뭐 제작사가 항상 잘될 수 있나? 이번 작품 스토리도 괜찮고 여자 주인공을 손예지 씨 정도만 캐스팅하면 바로 투자 받고 들어갈 수 있을 텐데. 편집장이 자리 한번 마련해 주면 안 될까?"

편집장이 손사래를 쳤다.

"아이고, 저희도 얼굴 한번 뵙기 힘든 분인데요. 지금도 근처에 촬영 온 김에 잠깐 들렀다고 하시더라고요."

강수인 팀장이 표지 시안을 가지고 와서 내밀었다.

"편집장님, 여기."

"어, 그래. 어디 보자."

편집장이 표지 시안을 받아 들고 보는데 문이 열려 있는 회의실 입구에서 익숙한 목소리가 들려왔다.

"편집장님, 저 시간 없어서 그만 가야 하는데…… 시안 안 나왔나요?"

편집장이 돌아서며 말했다.

"아, 예. 예지 씨. 여기 표지 시안……."

회의실 입구에서 안을 들여다보던 손예지가 태수를 발견하고는 그렇지 않아도 커다란 눈이 더 커졌다.

"어? 태수야? 네가 왜 여기 있어?"

손예지가 환하게 웃으며 회의실 안으로 성큼 들어섰다. 손예지를 보는 순간 태수는 저도 모르게 마음이 뭉클해졌다.

"잘 지내셨어요, 누나?"

편집장이 어리둥절한 표정으로 태수와 손예지를 번갈아 바라보고는 물었다.

"두 분이 아는 사이세요?"

손예지가 특유의 반달 눈웃음을 지으며 말했다.

"그럼요. 너무너무 잘 알죠. 날 수렁에서 구해 준 너무나 아끼는 동생인데. 그치 태수야?"

태수가 웃으며 고개를 끄덕이자 편집장이 의외라는 듯 물었다.

"와, 장 작가님한테 이렇게 빵빵한 인맥이 있었어요?"

편집장이 한정호 교수를 돌아보며 말했다.

"참, 예지 씨, 여기 한정호 교수님이요. 교수님 말로는 안면이 있으시다고 하던데."

편집장의 말에 손예지가 한정호 교수를 돌아봤다.

"네? 누구요?"

한정호 교수가 비굴한 웃음을 지으며 말했다.

"지난번에 〈조용한 절규〉 제작 발표회 때 잠깐 인사 나눴는데……."

손예지가 무척이나 미안한 표정을 지으며 말했다.

"아, 죄송해요, 제가 워낙 만나는 사람들이 많아서. 뭐 하시는 분이신지?"

한정호 교수가 얼른 태수의 눈치를 살피며 어색한 웃음을 지었다.

편집장이 난처한 표정으로 말했다.

"한강대학교 문창과 교수님이세요."

"아, 문창과요. 안녕하세요?"

손예지가 형식적으로 고개만 끄덕이고는 다시 반가운 표정으로 태수를 돌아봤다.

"근데 태수 넌 여기 어떻게 온 거야?"

손예지의 질문에 태수가 대답을 하려는데 편집장이 얼른 나서서 대답했다.

　"장태수 작가님 소설을 저희 출판사에서 내거든요."

　"어머, 그랬어요? 아, 맞다. 네가 저번에 장르문학 공모 대전에서 상 탄 작품을 민영사에서 출간한다고 했지? 기억 난다."

　"누나도 여기서 책 내는지는 몰랐어요. 그때 왜 말을 안 했어요?"

　그러자 손예지에 태수에게만 들리게 살짝 귓속말을 했다.

　"난 사실 내 책이 민영사에서 나오는지도 몰랐어. 매니저 가 다 알아서 진행했거든."

　"아……."

　태수가 손예지에게만 보이도록 살짝 미소를 지어 보였다.

　두 사람을 굳은 표정으로 지켜보던 한정호 교수가 손예지 를 향해 뜬금없이 말했다.

　"혹시 블루스톰이라고 영화 제작사 아시나?"

　"아…… 저한테 물으신 거예요?"

　"예, 손예지 씨 말이오."

　손예지가 어색하게 웃으며 말했다.

　"블루……스톰이면 〈화려한 날〉 제작했던……?"

　한정호 교수가 반색을 하며 목소리를 높였다.

　"그래요. 화려한 날! 거기서 이번에 새 작품을 기획했는데 내가 시나리오를 보니까 예지 씨가 맡으면 아주 썩 괜찮을 배역이 있어서……."

순간 손예지의 표정이 살짝 굳어지더니 정색을 하고 말했다.

"아…… 근데 그런 얘기는 회사 통해서 해 주셨으면 해요."

"음."

옆에 있던 편집장이 손예지의 눈치를 살피며 한정호 교수에게 핀잔을 주듯 말했다.

"교수님, 여긴 그런 얘기할 자리는 아니죠."

한정호 교수가 눈치로 자신이 실수했다는 걸 알았는지 급하게 얼버무리듯 말했다.

"아니, 뭐 난 그냥…… 좋은 작품이 있어서…… 손예지 씨한테 도움이 되라고 해 준 얘기지."

이번에도 편집장이 핀잔을 주듯 나섰다.

"아유, 교수님이 영화판을 잘 모르시나. 손예지 씨 소속사에 가면 검토를 기다리는 시나리오가 산처럼 쌓여 있어요."

강수인 팀장이 얼른 분위기를 바꾸려는 듯 손예지의 책 표지 시안을 내밀었다.

"예지 씨, 이겁니다. 표지 시안."

"아, 네."

책 표지 시안을 들여다보던 손예지가 고개를 들고는 말

했다.

"아, 어렵다. 제가 원래 책 표지 디자인 같은 거 잘 고르는데 제 책이라서 그런지 잘 모르겠어요. 어떡하지?"

손예지가 태수를 바라보며 물었다.

"태수야, 이거 함 봐 봐. 어때? 괜찮아?"

태수가 머리를 긁적이며 말했다.

"제가 뭐 아나요? 전문가도 아니고……."

강수인 팀장이 얼른 끼어들면서 말했다.

"아참, 잘됐다. 손예지 씨가 이런 거 잘 보시니까 의견 좀 물어봐야겠네."

강수인 팀장이 서류철에서 얼마 전 태수가 스케치한 종이와 디자이너가 제시한 표지 시안을 꺼내더니 손예지에게 보여 주며 물었다.

"둘 중 어느 게 더 괜찮은지 예지 씨가 한번 봐 주실래요?"

"책 표지예요?"

"예. 미스터리 스릴러 소설 표지예요."

손예지가 시안 두 개를 들고 보다가 태수가 급하게 그린 표지 시안을 들어 올리며 말했다.

"나중에 인쇄된 걸 봐야겠지만 전 이쪽이 훨씬 나은데요? 이대로만 나오면 미스터리 분위기도 나고 무엇보다 표지가 눈에 확 들어올 것 같아요. 음…… 이 표지 마음에 든다."

옆에서 건너다보던 편집장이 고개를 갸웃하며 물었다.

"가만, 이쪽 인쇄된 표지가 우리가 컨펌한 표지 아닌가?"

"예, 맞습니다."

"근데 이쪽이 훨씬 나은데? 이건 누가 그린 거야?"

강수인 팀장이 씩 웃으며 태수를 돌아봤다.

"이건 장 작가님이 직접 그린 표지 시안이에요."

"장 작가님이?"

손예지도 태수를 돌아보고는 놀라서 물었다.

"이걸 네가 그렸다고요? 와, 대박!"

"별거 아닌데……."

태수가 얼버무리자 강수인 팀장이 목소리를 높였다.

"예, 저도 보고 깜짝 놀랐어요. 장태수 작가님 디자인 감각이 정말 탁월하더라고요."

손예지가 새삼스러운 눈으로 태수를 돌아보며 말했다.

"야, 넌 무슨 재주가 그렇게 많아? 뭐 못하는 게 없어?"

편집장이 무슨 소리냐는 듯 물었다.

"아니, 장 작가님이 또 무슨 대단한 재주가 있으시기에 예지 씨가 이렇게 칭찬을 하세요?"

"태수 얘가 소설만 잘 쓰는 게 아니라 시나리오도 정말 잘 쓰거든요."

순간 표정이 굳어 있던 한정호 교수가 갑자기 끼어들었다.

"잠깐만."

편집장이 난처한 표정으로 한정호 교수에게 가만있으라고 눈치를 줬지만 막무가내였다.

"시나리오라니, 장태수가 대체 무슨 시나리오를 썼다는 겁니까?"

손예지도 아까부터 무례하게 불쑥불쑥 끼어드는 한정호 교수한테 이번엔 살짝 불쾌한 표정을 내비치며 말했다.

"이거 말하면 태수한테 혼날 것 같은데. 태수야, 말해도 돼?"

사실 나중에 영화 투자가 결정이 되고 언론 보도가 나가면 한정호 교수가 자연스럽게 알게 되기를 바랐는데, 일이 이렇게 됐으니 굳이 숨길 이유도 없었다.

투자를 받은 건 아니지만 시나리오를 쓴 건 사실이니까.

"괜찮아요. 누나 마음대로 하세요."

"음, 어차피 내가 네 영화에 출연하면 이번 책 프로필에도 들어가야 할 것 같으니까 말해도 되겠지?"

손예지의 말에 갑자기 회의실 분위기가 확 바뀌었다.

"방금 뭐, 뭐라고 했소? 손예지 씨가 장태수 영화에 출연한다니?"

편집장도 영문을 몰라 눈을 껌뻑거렸다.

놀라긴 태수도 마찬가지.

손예지가 〈모텔 파라다이스〉에 출연하고 싶다는 의사를 밝히긴 했지만 회사에서 상의를 해 봐야 한다고 해서 결정을 기다리는 중이었는데.

'근데 프로필에 들어가야 한다고 한 말은……?'

손예지가 조심스럽게 말했다.

"이건 아직 회사에서 공식적으로 발표를 하지 않았으니까 오프더레코드로 들어 주세요. 사실은 제가 장태수 작가가 시나리오를 쓴 영화에 출연하게 될 것 같아요."

한정호 교수가 침음을 흘렸고 동공은 앞으로 튀어나올 것처럼 부풀어 올랐다.

강수인 팀장이 반색을 하며 물었다.

"진짜예요? 세상에나. 어떤 영화예요?"

손예지가 태수를 보고 웃으며 말했다.

"그것까지 지금 말씀드리긴 어렵고요. 아직 제작사하고 조율도 하지 않았고 투자 결정이 난 것도 아니니까. 하지만 확실한 건 제가 그 영화에 출연한다는 거예요."

"장태수가 시나리오를 쓴 영화에 손예지 씨가 출연을 한단 소리요?"

한정호가 혼잣말처럼 물었지만 다들 못 들은 척 대꾸해 주는 사람이 없었다.

하지만 한정호는 충격으로 그런 분위기조차 감지하지 못하고 있었다. 지금 손예지가 하는 얘기가 마치 외국어인 것처럼 의미를 알 수가 없었다.

손예지가 누군가.

현재 대한민국 여배우 중에서 캐스팅 1순위의 여배우다. 남자 배우들의 영화만 넘쳐 나는 충무로에서 유일하게 티켓 파워를 보여 주며 존재감을 드러내는 여배우다.

그런 손예지가 선택한 시나리오라면 재미와 작품성을 모두 갖췄을 게 틀림없다.

'그런 시나리오를 장태수가 썼다고?'

이전까지 한정호는 장태수를 진정한 작가라고 여기지 않았다. ≪비가 오면≫도 운 좋게 소재를 잘 잡아서 자신이 뽑아 준 것에 불과하다고 생각했다.

자신이 대상으로 뽑은 이유도 각색을 하면 영화화하기에 좋을 것 같았기 때문이다.

내년에 한강대학교는 문창과와 연영과를 통합할 예정이다.

통합 과정에서 연영과 교수들에게 주도권을 넘기지 않으려면 자신이 영상 분야에도 경쟁력이 있다는 걸 보여 줘야 한다.

≪비가 오면≫은 자신이 각색해서 영화화시키면 딱 좋을 작품이었다. 물론 그런 자신의 계획이 생각지도 않게 뒤틀려 버렸지만.

근데 방금 손예지의 말이 사실이라면 자신이 완전히 잘못된 판단을 한 셈이다.

≪비가 오면≫이 영화적인 구성을 가진 건 장태수가 영화

적인 재능을 가지고 있었기 때문이다.

'이 일을 어쩐다?'

강수인 팀장 입장에서는 작가 프로필 때문에 고민이었다.

태수가 드림실용예술전문대학 재학 중이라는 이력을 넣으라고는 했는데, 그게 책 판매에 그다지 도움이 될 것 같지 않았던 것이다.

그렇다고 다른 특출 난 이력이 있는 것도 아니고.

엎친 데 덮친 격으로 한정호 교수는 추천사도 써 주지 않을 분위기.

근데 손예지가 출연하는 영화의 시나리오를 태수가 썼다면 마케팅도 그렇고 언론과 저자 인터뷰를 할 때도 천군만마를 얻은 것 같은 효과를 가져갈 수가 있다.

또 만약 영화가 개봉한다면 영화와 책을 묶어서 같이 마케팅을 진행할 수도 있다.

게다가 손예지와 태수가 이 정도로 친하다면 프로모션 과정에서 어떤 도움이든 받을 수가 있지 않을까.

책은 마케팅 규모가 작기 때문에 손예지 같은 스타가 홍보를 도와주면 그 파급력이 엄청나다.

편집장도 같은 생각을 하며 눈을 빛내기 시작했다.

'이거 왠지 크게 터질 것 같은 예감인데?'

장르문학 공모대전 대상 수상작은 일정 부수 이상의 판매량을 보장하긴 하지만 대략적으로 한계 판매 부수도 정해져 있다.

국내에 장르 문학 시장 자체가 그리 크지 않기 때문이다.

따라서 마케팅도 규모가 정해져 있다.

그런데 이런 호재가 생긴다면 ≪비가 오면≫의 출간 계획은 원점에서 다시 검토해야만 한다. 어쩌면 상반기에 출간되는 책들 중에서 가장 메인으로 밀어야 할지도 몰랐다.

그런 와중에 손예지가 편집장의 눈을 번쩍 뜨이게 하는 말을 했다.

"태수야, 혹시 추천사 같은 거 필요하면 말해. 내가 읽어 보고 근사하게 써 줄게."

"누나 바쁜데 언제 제 책 읽고……."

편집장이 얼른 끼어들었다.

"장태수 작가한테 정말 많은 도움이 될 겁니다."

손예지가 태수를 돌아보고 반달 눈웃음을 지으며 말했다.

"알았어. 내가 써 줄게."

태수는 함박웃음을 짓는 편집장과 입꼬리가 내려올 줄 모르는 강수인 팀장의 표정을 보며 고개를 갸웃했다.

'예지 누나의 추천사가 그렇게 대단한가?'

하지만 편집장의 머릿속에는 이미 마케팅 문구까지 둥둥 떠다니고 있었다.

'손예지를 사로잡은 신인 작가 장태수의 미스터리 스릴러 ≪비가 오면≫.'

태수가 말했다.

"고마워요, 누나."

"고맙긴, 우리 사이에. 참, 너 지금 뭐 할 일 있어?"

"지금요? 이제 집에 가야죠."

"그럼 너…… 나 촬영할 동안 기다려. 내 표지 시안 얘기도 하고 영화 얘기도 할 얘기가 많단 말야."

"알았어요, 누나."

손예지가 자신의 책 표지 시안을 강수인 팀장에게 들어 보이며 말했다.

"이거 제가 좀 가져가서 봐도 되나요?"

"그럼요. 얼마든지."

손예지가 태수의 팔짱을 잡아끌며 말했다.

"그럼 전 장태수 작가하고 같이 퇴장할게요. 수고하셨어요. 가자, 태수야."

"그럼 먼저 가 보겠습니다."

태수가 인사하자 편집장과 강수인 팀장이 동시에 밝은 표정으로 합창을 했다.

"예, 들어가세요."

태수와 손예지가 나가자마자 강수인이 주먹을 불끈 쥐고는 환호하는 표정을 지었다. 편집장도 함박웃음을 지으며 말했다.

"이야, 복이 넝쿨째 굴러 들어왔네. ≪비가 오면≫ 출간

스케줄 다시 잡고 마케팅 계획도 처음부터 다시 짜."

"언론 인터뷰 최소화하기로 한 건…….”

"당연히 언론 인터뷰 위주로 가야지. 소설가로 데뷔하자마자 시나리오까지 썼는데, 손예지가 그 영화에 출연한다는 얘기 아냐? 할 얘기가 얼마나 많겠어?"

강수인이 흥분된 표정으로 편집장에게 물었다.

"그럼 손예지 추천사도 넣는 걸로 바로 진행할까요?"

"빨리 진행해. 그리고 한 교수님 추천사도 함께…….”

강수인이 난처하게 말했다.

"아, 교수님 추천사는…… 교수님이 생각을 좀 해 보고 넣으시겠다고…….”

편집장이 의아하게 한정호 교수를 돌아봤다.

"그게 무슨 소리야? 교수님, 왜요? 뭐 문제라도 있나요?"

한정호 교수가 손을 내저으며 말했다.

"아냐, 아냐. 문제는 무슨. 추천사 써 주려고 했어."

그러자 강수인이 난처한 표정으로 말했다.

"아까 장태수 작가가 교수님 추천사는 넣지 않는 걸로 해 달라고…….”

"뭐? 왜? 무슨 일 있었어?"

편집장이 무슨 일이냐는 듯 돌아보자 한정호 교수가 불편한 듯 눈치를 보다가 끙 하고 자리에서 일어나며 말했다.

"험험, 그럼 난 급한 일이 있어서 이만 가 보겠네."

손예지와 태수가 올라타자 밴 차량이 다음 스케줄 장소를 향해 출발했다.

태수는 마치 다른 세상에 온 것처럼 차량 내부를 둘러보며 입을 다물지 못했다.

우드 장식의 고급스러운 인테리어와 아늑하면서 세련된 분위기.

다른 연예인들이 타고 다니는 밴보다 적어도 1.5배는 더 커 보이는 크기와 널찍한 실내.

손예지가 연신 두리번거리는 태수를 보고는 웃으며 말했다.

"촌스럽게 뭘 그렇게 멀뚱거리고 봐?"

"와, 저 이런 차 처음 타 봐서 안이 어떻게 생겼는지 너무 궁금했거든요."

손예지가 웃으며 말했다.

"인사해, 여긴 내 코디네이터 혜영이, 여긴 메이크업 담당 지희."

"안녕하세요?"

차에서 수다를 떨고 있던 혜영과 지희 둘은 자매라도 되는 것처럼 통통한 체형에 만화 속에서 튀어나온 것처럼 귀여운 외모였다.

"네, 안녕하세요."

태수가 어색하게 인사하자 손예지가 말했다.

"내가 말했지? 장태수 작가."

혜영이 눈을 빛내며 말했다.

"와! 미래 유명 영화감독 될 거라던 그분요?"

"예?"

태수가 당황해서 반문하자 손예지가 말했다.

"그래. 아직은 아니지만 머지않아 유명한 감독이 될 거야."

"누나, 그게 무슨 소리예요? 저는 이제 겨우 시나리오 공부하는……."

손예지가 손가락을 입술에 대고 말했다.

"넌 가만있어."

손예지가 혜영과 지희를 돌아보고 말했다.

"너희들이 얘기 좀 해 줘. 내 안목이 어떤 안목인지."

지희가 말했다.

"언니 안목은 진짜 점쟁이 수준이에요. 언니가 이 감독 성공한다고 하면 1, 2년 안에 영화 대박 나고 이 배우 뜬다고 하면 진짜로 몇 년 안에 떠요. 정말 신기하다니까요."

이번엔 혜령이 말했다.

"백중기, 이보검, 전유미, 천우혜. 이 배우들 전부 언니가 신인일 때 뜬다고 예언했는데 다 떴잖아요."

"그 정도면 누나야말로 정말 신기 있는 거 아니에요?"

"내가 뭐 그냥 무턱대고 맞히는 줄 알아? 연기하는 거나 연출하는 걸 보면 대충 알 수가 있어. 내가 지금까지 영화나 드라마에서 크게 실패하지 않은 건 시나리오 잘 고르고 감독을 잘 알아봤기 때문이야."

태수가 공감하며 고개를 끄덕였다. 하나같이 맞는 말이었다.

오랫동안 정상에 있는 배우들은 영화나 드라마에서 실패하는 경우가 드물다.

그건 단순히 운이 좋아서가 아니다. 시나리오나 대본 혹은 연출력 있는 감독을 알아보는 안목이 있기 때문이다.

혜령이 말했다.

"그런 언니가 다음 날 화보 촬영 있는데도 맥주랑 육포 먹으면서 작가님 시나리오 밤새워 읽었다니까요."

태수가 눈을 휘둥그레 뜨자 손예지가 생색내듯 말했다.

"들었지? 실은 초반에 대충 읽어 보고 아니다 싶으면 그냥 자려고 했는데, 계속 빠져들어서 밤을 꼬박 새웠다는 거 아냐. 너한테 전화하고 나서도 한 번 더 읽었는데, 두 번째가 더 무섭더라."

태수는 혹시나 손예지가 자신한테 신세를 져서 마음에 들지도 않는 영화에 출연하는 게 아닌지 꺼림칙했는데 지금 얘기를 듣고 나니 마음이 홀가분해졌다.

지희가 몸서리를 치며 말했다.

"저는 작가님 시나리오 읽고 너무 무서워서 잠도 못 잤어요. 공포 영화 잘 보는 편인데 계속 상상이 돼서."

시나리오를 읽은 사람들마다 기대 이상의 반응을 보여 주니 기분이 날아갈 것 같았다.

이런 반응이라면 정말 띠지에 적힌 대로 관객수 3백만 명을 넘기는 것도 가능하지 않을까?

손예지가 정색을 하고 말했다.

"너, 감독으로 성공할 거야. 내가 시나리오 읽어 보면 알거든. 시나리오만 읽어도 연출력이 그냥 보이던데 뭘."

태수는 완성된 영화를 보고 썼다는 얘기를 차마 할 수가 없었다.

손예지가 출판사에서 받아 온 자신의 책 표지 시안을 꺼내더니 태수한테 보여 주면서 물었다.

"야, 전문가! 네 책만 표지 멋지게 만들지 말고 내 책 표지도 좀 봐 주라."

혜령이 표지 시안을 보고 감탄하듯 말했다.

"와, 예쁘다. 이거 언니 책 표지예요? 나는 나를 모른다? 제목도 너무 좋아요. 난 이것도 괜찮은 것 같은데?"

태수가 표지 시안을 받아서 살펴봤다.

화사한 봄꽃을 배경으로 손예지의 얼굴이 일러스트로 들어가 있는 표지였다.

"어떤 내용이에요?"

"음, 30대의 내가 어떤 생각을 하면서 살았는지 기록도 남겨 보고 싶고, 그런 내 생각을 같은 여자들과 공유도 해 보고 싶어서 틈틈이 낙서로 남겨 뒀던 글들을 모아 본 거야."

"아, 어떤 건지 알겠어요."

사실 태수 역시 현재의 표지가 꽤 괜찮아 보였다. 물론 눈에 확 들어올 정도로 뛰어난 건 아니지만 무난하면서도 고급스러워 보이는 느낌이었다.

"누나는 이 표지의 어디가 마음에 들지 않는데요?"

"나름 괜찮긴 한데 엣지가 없다고 해야 하나? 너무 무난하지 않니?"

손예지 정도 되는 배우들은 영화 외에도 패션이나 뷰티, 문학 등 인접 분야에서도 다양한 재능을 보여 주고 안목도 높은 편이다.

마음 같아서는 좀 더 근사한 표지를 제안해 주고 싶지만 이 책의 표지에도 ≪비가 오면≫처럼 신기를 발휘할 수 있을지는 장담할 수가 없다. 자신의 표지가 아니니까.

태수가 표지를 보며 정신을 집중했지만 역시나 떠오르는 영상이 없었다.

하지만 잔뜩 기대를 품고 기다리는 손예지의 얼굴을 보니 어떻게든 도움이 되고 싶었다.

표지 시안 위에 손을 올리고 눈을 감은 후 속으로 주문을 외웠다.

'사이코메트리.'

화르르륵.

표지 시안에 남아 있던 잔류사념이 허공에 떠올랐다. 표지를 디자인하기 전에 디자이너가 떠올렸던 수많은 이미지들이 허공에 떠올랐다가 지나갔다.

신기한 건 그 디자인들 중에 유독 화사하게 빛이 나는 디자인이 있다는 것이다.

눈을 뜬 태수가 말했다.

"혹시 종이하고 연필이나 볼펜 있어요?"

혜영이 말했다.

"여기 색연필하고 노트는 있어요."

태수가 얼른 받아서 사념 속에서 봤던 이미지를 빠르게 그렸다.

손예지가 정면을 바라보는 얼굴인데, 얼굴의 절반은 실제 사진이고 절반은 일러스트인 표지였다.

특히 일러스트 부분은 얼굴의 절반 정도가 비어 있고 그 빈자리에 붉은 꽃잎이 날아와 채우는 형태였다.

태수가 대충 그림을 그린 후 손예지한테 내밀었다.

"이런 스타일은 어때요?"

가만히 표지를 들여다보던 손예지의 얼굴에 화사하게 웃음이 번졌다.

"맞아, 이런 느낌을 원했어. 제목하고도 잘 어울리는 것 같고."

옆에서 지켜보던 혜영과 지희도 탄성을 내뱉으며 말했다.

"와, 이게 훨씬 눈에 확 띄는 것 같아요. 제목하고도 잘 맞는 것 같고. 근데 어떻게 이런 디자인을 금방 떠올릴 수가 있지?"

태수가 대답을 못 하고 머뭇거리자 손예지가 말했다.

"내가 그랬잖아, 미래에 뛰어난 영화감독이 될 거라고. 훌륭한 영화감독들은 미적인 영역에서도 재능이 넘치거든. 이 디자인으로 바꿔 달라고 출판사에 보내야겠다."

태수는 출판사에서 저 표지 시안을 디자이너에게 보냈을 때 디자이너가 깜짝 놀라는 모습이 눈에 선하게 떠올라서 저도 모르게 빙긋 웃었다.

자신이 머릿속에서 구상했었던 디자인과 똑같은 디자인일 테니까.

그런 태수를 가만히 바라보던 손예지가 생각난 듯 말했다.

"지희야, 우리 태수 머리 좀 만져 주면 지금보다 훨씬 멋지지 않을까? 옷도 좀 세련되게 코디해 주고. 나 사인회 하는 동안 혜령이 네가 숍에 데려가서 머리부터 발끝까지 환골탈태 좀 시켜서 와."

"누, 누나, 저는······."

손예지가 인상을 팍 쓰면서 경고하듯 말했다.

"난 내 말 안 듣는 사람은 절대로 곁에 안 둔다."

"헉."

투자 배급사 KU엔터테인먼트 본사.

오늘은 KU엔터테인먼트에서 〈모텔 파라다이스〉의 추가 제작비에 대한 투자 심사 결과가 나오는 날이었다.

투자 2팀 김성욱 과장과 팀원들이 회의실로 우르르 들어서자 초조하게 기다리던 조진호가 자리에서 벌떡 일어났다.

김성욱 과장의 표정부터 살피던 조진호의 얼굴에 그늘이 드리웠다.

시나리오가 통과되지 못했다는 걸 직감으로 느낄 수 있었던 것이다.

김성욱 과장이 미안한 듯 머뭇거리다가 입을 열었다.

"죄송합니다. 최종심 통과를 못 했네요. 솔직히 다시 투자 심사 받을 상황은 아니었는데, 제작사의 어려움도 있고 또 대표님 말씀대로 수정고가 생각보다 잘 나와서 저희도 나름 최선을 다했는데……."

판에 박힌 변명을 듣는 동안 조진호는 울컥한 감정을 억누르느라 주먹을 움켜쥐고 이를 악물어야만 했다.

영화판에서 투자사와 제작사는 완벽한 갑과 을의 관계다. 뭔가 문제가 생기면 이유 여하를 막론하고 제작사가 모든 책임을 떠안는 구조.

사실 이번 일 같은 경우는 천재지변에 가까운데도 투자사는 당연한 듯 아무런 책임을 지지 않겠다는 태도로 나왔다.

결국 지금까지 사용한 제작비를 모두 조진호가 떠안아야 하는 상황.

조진호 입장에서는 억울하기 짝이 없었다.

"시나리오 정말 잘 나왔잖아요. 이거 추가 제작비 들어가도 충분히 승산 있습니다. 서로 상생하는 차원에서 한 번만 믿고 밀어주시면 안 됩니까?"

옆에 있던 강영호 대리가 웃음기를 지우고 말했다.

"촬영 때 귀신 나왔다는 기사도 모자라서 오늘은 모텔 지하에서 유골이 무더기로 나왔다는 기사 보셨죠? 오늘 실검 1위가 모텔 파라다이스예요."

"아니, 그건 우리가 잘못해서 그런 게 아니라⋯⋯."

김성욱 과장이 조진호의 말허리를 자르며 말했다.

"누구 책임이 문제가 아니라 좋은 일로 실검 1위가 떠도 모자라는 판에 그런 일로 시끄러우면 영화가 되겠습니까? 그리고 투자 문제가 해결된다고 하더라도 혜수 역 누가 할 거예요? 소영희 씨도 못 하겠다는데, 어떤 여배우가 출연을 하겠냐고요."

더 이상 희망이 보이지 않았다.

투자사에서는 영화에 대한 기대를 확실하게 접었다는 느낌이 들었다.

"후우."

조진호는 방금 나온 KU엔터테인먼트의 현대식 건물을 돌아보고는 이를 갈았다.

'나쁜 새끼들, 제작사 잘못이 아닌 걸 알면서도 그냥 덮어씌우자는 분위기네.'

나머지 두 곳의 투자사에서도 오전에 일찌감치 부정적인 의견을 전해 왔다.

혹시 몰라서 수정고와 제작 계획서를 넣었지만 큰 기대는 하지 않았다.

소영희가 하차함으로써 그동안 찍은 분량을 모두 폐기해야 하는 상황에서 KU엔터가 외면한 영화를 어떤 투자사가 발을 담그겠는가.

이제 남은 곳은 할리우드 자본인 위브라더스.

위브라더스에도 며칠 전 수정고를 보냈고 시간이 급하니 최대한 빨리 검토해 달라는 부탁을 했다.

위브라더스에는 조진호가 뉴욕에서 영화 공부를 할 때 같이 학교를 다녔던 황태식이 위브라더스 한국 지사 투자팀장으로 있다.

물론 그런 친분이 거대한 자본이 들어가는 영화 투자에 영향을 미칠 리는 없다. 팀장이 투자 결정을 내리는 결정권자도 아니고.

위브라더스의 투자 결정은 한국 지사 본부장이자 재미 교포인 마틴 김의 권한이다.

황태식 팀장이 해 줄 수 있는 일은 단지 시나리오 검토를 좀 더 빨리해 주고 내부의 의견을 전달해 주는 정도의 편의를 봐주는 정도.

답답한 마음에 한숨을 내쉬는데 휴대폰이 울렸다.

우우우웅.

전화를 건 사람을 보니 장태수 작가였다.

"어? 장 작가가 무슨 일이지?"

조진호가 전화를 받았다.

"예, 장 작가님."

—대표님, 오늘 저녁에 시간 어떠세요? 감독님하고 대표님한테 드릴 말씀이 있어서요.

"나는 시간 괜찮은데 무슨 일 있습니까?"

—그건 만나서 말씀드리겠습니다.

든든한 지원군

압구정동 포차.

조진호와 박흥식이 약속 시간보다 일찍 나와 둘이서 술잔을 기울이고 있었다. 그렇잖아도 술이 고팠는데 결과적으로 태수가 술자리를 마련해 준 셈이었다.

조진호가 소주를 털어 넣고는 인상을 찡그렸다.

"크으, 오늘은 술맛까지 왜 이렇게 쓰냐. 제기랄."

"형, 아직 포기하지 마. 위브라더스 남았잖아."

조진호가 고개를 흔들었다.

"끝난 거야. 솔직히 KU엔터에서 안 하겠다고 하는 순간 게임 끝난 거라고."

"진짜 너무한 거 아냐? 그게 우리 잘못도 아니고."

"걔들도 남의 돈 굴리는 월급쟁이야. 백날 말해 봐야 소용 없어."

"어떻게 다른 방법 없을까?"

"야, 지금까지 들어간 제작비만 5억이 넘어. 누가 저예산 공포 영화에 그 돈 껴안고 신규 투자를 하겠냐고? 게다가 오늘 모텔 지하에서 대량의 유골이 나왔다고 기사까지 떴더라."

"후우, 엎친 데 덮친 격이네."

"포기하자. 이거 어떻게 해도 살릴 방법 없어. 난 당장 이번 달 사무실 임대료 낼 돈도 없다."

박흥식이 머리를 감싸며 중얼거렸다.

"후우, 미치겠다, 진짜. 그럼 이미 들어간 제작비는 어떻게 되는 거야?"

"어떡하긴, 갚아야지. 일단 아파트 전세금 빼서 일부라도 갚으려고."

"그럼 형수님하고 애들은?"

눈시울이 붉게 변한 조진호가 한숨처럼 말했다.

"그건 나도 아직 모르겠다."

술잔을 들던 박흥식이 주위를 돌아보며 중얼거렸다.

"갑자기 왜 이렇게 시끄러워?"

고개를 들고 술집 입구를 바라보던 조진호가 미간을 좁히며 물었다.

"어? 저기 손예지 아냐? 손예지가 여길 왜 왔지?"

"뭐? 손예지?"

손예지라는 소리에 박흥식이 놀라서 고개를 돌렸다.

정말로 술집으로 손예지가 들어서고 있었다. 술집에 있던 모든 사람들의 시선이 일제히 손예지에게 집중됐다.

박흥식이 허탈하게 중얼거렸다.

"정말 손예지네. 여기서 무슨 약속이라도 있나? 장 작가 말처럼 손예지가 출연해 준다고 하면 이 영화 살릴 방법이 있을지도 모르는데. 설마 그런 꿈같은 일이 생기겠어?"

박흥식의 말이 끝나자마자 손예지의 뒤에서 거짓말처럼 태수가 나타났다.

하지만 박흥식은 완전히 분위기가 달라진 태수를 금방 알아보지 못했다.

평소 덥수룩하던 태수의 머리는 요즘 유행하는 깔끔한 올림머리에 볼륨을 준 메시업 헤어스타일로 바뀌었고 후줄근하던 옷차림은 코발트 면바지와 체크무늬 셔츠를 조합한 댄디한 스타일로 변해 있었던 것이다.

"가만…… 저기…… 혹시 장 작가 아냐?"

박흥식의 말에 조진호도 보더니 중얼거렸다.

"헐, 장 작가 맞네. 뭐야? 완전 다른 사람이 됐잖아. 와, 저렇게 차려입으니까 무슨 아이돌 같은데?"

태수가 조진호와 박흥식을 발견하고 손을 흔들었다. 박흥식도 손을 들고 마주 흔들어 주려다가 멈칫했다.

태수가 옆에 서 있던 손예지와 태연하게 얘기를 나누며 함께 걸어오는 게 아닌가.

조진호가 놀라서 물었다.

"장 작가와 손예지 씨가 아는 사이었어?"

"설마."

"설마가 아니라 저기 봐 봐."

조진호와 박홍식은 무슨 영문인지 몰라 놀란 눈으로 두 사람을 지켜봤다.

안으로 걸어 들어오는 손예지의 미모에 여기저기서 감탄이 흘러나왔고 그 옆에 서 있던 태수도 덩달아 주목을 받았다.

아마 변신 전의 모습이라면 매니저 정도로 생각했겠지만 지금의 모습은 신인 아이돌이거나 막 데뷔한 연기자 분위기였다.

손님들은 저마다 휴대폰을 찾아 들고 손예지와 태수를 한데 묶어서 사진을 찍기에 바빴다. 대부분은 손예지에 대한 얘기를 했지만 태수에 대한 얘기가 가끔씩 들려왔다.

"신인인가 봐."

"손예지하고 같이 다니는 거 보면 배운가?"

"진짜 잘생겼네. 내가 딱 좋아하는 스타일이야."

손예지와 자연스럽게 얘기를 나누며 걸어가던 태수는 그렇잖아도 머리부터 발끝까지 완전히 변신을 해서 어색한 데다 덩달아 관심을 받고 사람들의 소리가 들려오자 얼굴이 발

퇴마하는
톱스타

그레하게 달아올랐다.

'다들 무슨 소리를 하는 거야? 설마 나보고 하는 소리야?'

태수가 손예지와 함께 조진호와 박홍식이 앉아 있는 테이블로 걸어왔다. 두 사람이 놀란 표정으로 엉거주춤 자리에서 일어났다.

태수가 두 사람과 인사를 나누고는 손예지에게 차례로 소개했다.

"여긴 고스트라인 조진호 대표님."

손예지가 특유의 밝고 활기찬 음성으로 인사를 했다.

"안녕하세요, 대표님. 처음 뵐게요."

조진호가 영문도 모른 채 어리둥절한 표정으로 인사를 했다.

"아, 예. 반갑습니다, 예지 씨. 영광입니다."

"대표님, 편하게 대하세요, 호호."

손예지가 소탈하게 웃으며 두 눈을 반달로 만들자 조진호의 얼굴에 저절로 미소가 감돌았다.

태수가 이번엔 박홍식 감독을 소개했다.

"여긴 〈모텔 파라다이스〉 연출 맡으신 박홍식 감독님이에요."

"감독님, 반가워요. 감독님이 연출하신 〈청춘들〉 재미있게 봤어요."

박홍식이 놀라며 물었다.

"어, 그…… 그 영화 보셨어요?"

"봤죠. 제가 평소에도 독립 영화는 가능한 한 챙겨 보려고 하거든요. 그렇잖아도 감독님 상업 영화 데뷔는 언제나 궁금했는데 여기서 뵙게 되네요. 반갑습니다."

손예지가 하얀 손을 내밀자 박홍식이 당황하며 그 손을 잡고 악수를 했다.

"저도 반갑습니다."

다들 어정쩡하게 서 있는데 손예지가 주위를 기웃거리며 말했다.

"태수야, 안쪽에는 자리가 없니?"

태수가 순간 아차 싶은 생각이 들었다.

손예지를 만나면서 이런 개방된 공간을 약속 장소로 잡다니.

술집에 모든 사람들의 이목이 집중되어 있는 상황. 아직도 많은 사람들이 손예지와 일행을 휴대폰으로 촬영을 하고 있었다.

"잠시만요."

태수가 얼른 술집 주인한테 뛰어갔다. 술집 주인도 손예지를 쳐다보느라 넋을 놓고 있었다.

"혹시 조용한 룸은 없을까요?"

"아, 룸요? 있긴 있는데…… 잠깐만 기다려 주세요."

술집 주인이 안으로 들어가더니 어딘가로 전화를 걸고는

얼른 달려 나왔다.

"예, 룸으로 안내하겠습니다. 이쪽으로 오시죠."

역시 최고 여배우의 힘은 위대했다.

술집 주인은 혹시라도 손예지가 그냥 나갈까 봐 지나칠 정도로 친절하게 일행을 안내했다.

태수가 손을 흔들자 손예지와 두 사람이 걸음을 옮겼다.

술집 주인이 룸의 문을 열고 들어가 테이블 위에 올려져 있던 예약석 팻말을 재빨리 치웠다.

"그럼 언제든 필요한 게 있으면 부르세요."

술집 주인이 나가고 넷이 자리를 잡았다.

조진호와 박홍식이 나란히 앉고 태수는 손예지 옆자리에 앉았다. 조진호와 박홍식은 아직도 영문을 몰라 어리둥절한 표정.

손예지가 태수를 돌아보고 말했다.

"두 분은 아직 아무것도 모르시지?"

"네."

"네가 말씀드려."

"네."

태수는 그동안 손예지와 있었던 일들을 두 사람에게 설명했다.

〈조용한 절규〉 언론 시사회가 있던 날 뒤풀이에 참석했다가 그곳에서 손예지에게 〈모텔 파라다이스〉의 수정고를 전달한 애기부터 들려줬다.

그리고 마침내 어젯밤에 〈모텔 파라다이스〉에 출연하기로 소속사와 합의를 봤다는 얘기까지 간략하게 설명을 했다.

조진호와 박홍식은 태수의 얘기가 진행되는 동안 탄성과 웃음, 놀람의 표정을 지어 보였다.

모든 얘기를 다 들은 조진호가 믿어지지 않는다는 듯 중얼거렸다.

"어떻게 이런 꿈같은 일이 일어날 수가 있지?"

벅찬 감정을 억누르지 못한 조진호의 눈시울이 점점 붉어지더니, 급기야 눈물이 주르륵 뺨을 타고 흘러내렸다.

조진호가 얼른 얼굴을 돌리고 눈물을 훔쳤다.

박홍식도 태수와 손예지를 번갈아 보면서 믿어지지 않는다는 듯 말했다.

"장 작가, 너 진짜 사람 여러 번 놀래킨다. 너 혹시 우리가 모르는 초능력 같은 거라도 있는 거 아냐?"

"저 그런 거 없어요."

태수의 말에 손예지가 적극 나서서 말했다.

"맞아요. 태수 얘 초능력 있어요. 얘가 귀신을 보더라고요."

박홍식도 맞장구를 쳤다.

"아, 맞아요. 장 작가가 뭘 보긴 봐요. 기사 보셨는지 모르겠는데, 사실 거기 모텔에서도 이상한 일이 많았거든요. 막

물건들이 날아다니고. 그걸 장 작가가 들어가서 어떻게 처리를 하더라고요."

손예지가 말했다.

"네, 저도 기사 봤어요. 소영희 언니한테도 얘기 많이 들었고요."

태수가 보충 설명을 했다.

"예지 누나하고 소영희 씨하고 엄청 친한 언니 동생 사이래요."

박홍식이 눈을 휘둥그레 뜨고는 물었다.

"장 작가! 방금 뭐라고 했어? 예지 씨한테 예지 누나?"

"아…… 누나로 부르라고 하셔서."

"그사이에 그렇게 빠르게 친해진 거야? 내가 알기로 예지 씨가 낯을 무척 가린다고 들었는데?"

박홍식의 말에 손예지가 고개를 끄덕였다.

"맞아요. 제가 원래 낯을 많이 가리는 편인데, 태수하고는 전혀 그렇지가 않았어요. 오래된 지인한테도 못 하는 얘기들을 이상하게 태수 앞에서는 술술 하게 되더라고요."

태수가 쑥스러운 듯 말했다.

"저도 누나하고 이렇게 가까워질 줄은 상상도 못 했어요. 사실 절 이렇게 변신시켜 준 사람도 누나예요."

태수의 말에 박홍식이 탄성을 내질렀다.

"어쩐지!"

태수가 시선을 어디에 둬야 할지 모르겠다는 듯 어색해하면서 말했다.

"변신을 하긴 했는데 좀 이상하지 않아요? 전 아직도 적응이 잘 안 돼서 그런지 사람들이 쳐다보는 것도 괜히 부담스러워서……."

박흥식이 입에 거품을 물며 말했다.

"뭔 소리야? 이상하긴 뭘 이상해? 진짜 완전 멋있구만. 난 처음에 예지 씨하고 장 작가 들어오는데 무슨 아이돌이나 신인 배우가 같이 들어오는 줄 알았어."

"아이, 진짜, 무슨 말도 안 되는 소리를……."

조진호도 역시 입에 침을 튀기며 말했다.

"장 작가 정말이에요. 나도 딱 보자마자 와, 진짜 사람이 꾸미기에 따라서 저렇게도 변신을 할 수가 있구나. 이건 진짜 마술이다, 그런 생각 했다니까. 진짜 연예인이라고 해도 충분히 믿을 것 같아요. 더구나 예지 씨하고 같이 다니니까 더더욱 그렇게 보이지."

손예지도 미소를 머금은 채 태수를 지그시 누나의 눈길로 바라보며 말했다.

"그렇죠? 저도 놀랐어요. 보통 외모 관리 잘 안 하는 사람들 꾸며 주면 나아지긴 하는데, 태수처럼 완전 다른 사람처럼 변신하는 경우는 드물거든요. 제 메이크업 담당이 데리고 다니면서 꾸며 줬는데, 나중에 뭐라는지 알아요? 자기 옆에 따라다니는데 변신할 때마다 심쿵해서 너무 떨렸대요."

태수는 순간 얼굴이 확 달아올랐다.

사실 자신이 봐도 변신 후에 완전 다른 사람처럼 보이긴 했지만, 그저 전문가의 손길은 확실히 다르다는 정도로만 생각하고 있었다.

근데 예지 누나마저도 저런 말을 하고 자신을 데리고 다니며 꾸며 주던 박지희가 심쿵했다고 말을 했다니.

'정말로 내가 많이 변하긴 변한 건가? 그럼 그 누나가 낮에 계속 여친 있냐고 집요하게 물어본 것도 그래서였나?'

아무튼 요즘 이유는 모르겠지만 부쩍 잘생겨졌다는 소리를 많이 들었다.

요즘엔 자신이 거울을 봐도 얼굴이 이전과 달라진 느낌이 들곤 했다.

외모가 달라진 건 아닌데 피부가 좋아졌는지 화사한 느낌이 들고 눈빛도 강렬해진 것 같았다.

'그럼 혹시 이런 것도 귀기의 영향인가?'

문득 예전에 어르신이 한 얘기가 기억이 났다. 귀기를 많이 확보하고 꾸준히 뭔가를 원하면 그 욕망에 가깝게 다가갈 수 있다고.

잘생기고 싶으면 점점 잘생겨지고, 노래를 잘하고 싶으면 노래를 잘하게 된다고.

물론 한 번에 되는 건 아니고 오랫동안 노력을 많이 하고 간절히 염원해야만 된다고 했다.

그리고 보니 최근에 시나리오의 필력도 빠르게 향상되는 느낌이고 연출력도 좋아지는 것 같았다.

실제로 얼마 전 송현주 드라마 촬영장에선 감독이 생각하는 앵글과 컷들이 저절로 머릿속에 떠오를 정도였다.

그리고 보니 최근 태수의 욕망을 부쩍 자극하는 분야가 생겼다. 저도 모르게 계속하고 싶어서 꿈을 꾸는 욕망.

바로 연기였다.

자주 촬영 현장을 경험해서 그런지 몰라도 어느 순간부터 배우들이 연기하는 모습을 보고 있으면 자신도 그 캐릭터가 되어 연기를 하고 분석을 하는 자신을 발견하곤 했다.

배우가 연기하는 모습을 보면서 자신이 하면 훨씬 캐릭터를 잘 표현할 수 있을 것 같은 간절함.

그럴 때면 저도 모르게 자신이 직접 나서서 연기를 해 보고 싶은 강렬한 욕망이 소용돌이치곤 했다.

하지만 그럴 때마다 말도 안 되는 상상이라고 고개를 흔들었다.

배우가 어디 연기만 잘한다고 되는 일인가.

요즘 남자 배우들의 수려한 외모를 보면 남자인 자신이 봐도 심쿵할 정도인데.

그때 마치 태수의 마음을 읽은 것처럼 손예지가 말했다.

"태수 애 배우 해도 잘할 것 같지 않아요? 시나리오 쓴 거 보면 감정 표현도 괜찮을 것 같고. 오늘 보니까 마스크도 딱 배우 삘인데."

"태수야, 너 배우 한번 해 봐."

손예지가 꽤 진지한 표정으로 태수를 보며 한 말이었다.

밑도 끝도 없이 그런 소리를 들으니 마음이 적잖이 흔들렸다.

'어? 요즘 내가 배우 하고 싶어 하는 마음이 얼굴에 나타나나?'

태수가 얼굴을 붉히며 말했다.

"어우, 누나, 자꾸 놀리지 말아요. 배우는 뭐 아무나 하는 건가요?"

"내가 그랬지? 내가 찜하는 배우는 뜬다고."

"전 배우도 아니고 연기하는 것도 못 보셨잖아요."

손예지가 갑자기 태수 앞으로 얼굴을 훅 들이밀고는 말했다.

"배우의 생명이 뭔지 알아? 눈빛이야. 눈빛을 보면 연기를 할 수 있는지 알 수 있단 말야. 근데 넌 묘하게 사람을 끌어들이는 눈빛을 가지고 있어. 그런 눈빛을 가진 사람은 다른 사람한테 신뢰감을 주거든."

이번엔 조진호까지 나서서 말했다.

"정말 농담이 아니라 오늘 장 작가님 보니까 마스크가 상당히 괜찮아요. 이전에는 왜 그걸 몰랐지?"

박흥식도 한마디 했다.

"그래, 이참에 우리 영화에 단역으로 출연해 보는 건 어때? 내가 감독 빽으로 출연시켜 줄게. 시나리오 쓴 거 보면 연기 잘할 거 같아. 시나리오 작가나 감독들은 기본적으로 연기력이 있다고."

태수는 그 말을 부정할 생각은 없었다.

요즘 들어 자신이 연기에 재능이 있다는 걸 스스로도 많이 느끼고 있으니까.

그 재능이 본래 가지고 있던 재능인지 귀기로 인한 재능인지는 알 수가 없지만.

다만 자신이 배우를 한다고 해도 노력 없이 위로 올라갈 생각은 없었다. 정식으로 오디션을 거쳐서 한 단계, 한 단계 실력으로 올라갈 작정이었다.

송현주의 오디션 현장에서 많은 배우 지망생들이 치열하게 경쟁하고 노력하며 꿈을 키우는 모습을 이미 보지 않았던가.

그렇게 단단한 과정을 거쳐 성장한 배우만이 오랫동안 대중의 사랑을 받을 수 있다는 건 굳이 말할 필요가 없다.

태수는 그런 의사를 박흥식 감독한테 솔직하게 말했다.

"감독님, 말씀은 고맙지만 제가 배우가 된다면 오디션을 거쳐서 제대로 실력을 인정받고 싶습니다. 그래야만 오랫동안 인정받는 배우로 남을 수 있을 것 같거든요. 예지 누나처

퇴마하는 톱스타

럼요."

태수의 말에 손예지가 피식 웃으며 말했다.

"그래, 태수 네 말이 맞다. 그게 옳은 생각이지. 역시 내가 사람 하난 잘 봤다니까."

그렇게 태수의 배우 데뷔는 짧은 해프닝으로 마무리됐지만 이 일로 인해 태수의 마음속에선 배우에 대한 열망이 더욱 간절해졌다.

주문한 술과 회가 나오자 다들 술잔을 채우고 건배를 했다.

"만나서 진심 반갑습니다."

손예지가 씩씩하게 말하자 조진호와 박홍식, 태수도 함께 '반갑습니다'를 외쳤다.

사실 태수는 손예지가 엄청 까칠할 것 같아서 걱정했는데 오히려 분위기를 주도하며 술자리를 흥겹게 만들어 주니 너무도 고마웠다.

박홍식이 물었다.

"근데 예지 씨는 어떻게 출연을 결정하게 된 거예요? 아직 추가 제작비에 대한 투자 결정도 나지 않았고 촬영장에 대해서도 말이 많아서 배우들이 다들 출연을 꺼려 하는데."

손예지가 금방 진지한 표정으로 돌아가서는 태수를 보며 말했다.

"가장 큰 이유는 좋은 시나리오였어요. 그렇잖아도 최근에 이미지를 너무 소비만 하는 것 같고 매너리즘에 빠지는 것 같아서 고민이 많았거든요. 근데 이 시나리오 읽으면서 평소 제 자신도 생각하지 못했던 제 낯선 표정과 감정들이 막 떠오르는 거예요. 너무 신기했어요. 태수가 어떻게 내 안에 있는 그런 새로움을 발견해서 시나리오로 썼는지."

손예지의 한마디, 한마디가 태수의 마음을 벅차게 만들었다. 더불어 손예지가 혜수 역할을 하는 모습을 어서 눈으로 확인하고 싶어서 안달이 날 지경이었다.

'누나가 연기하면 정말 신들린 것처럼 잘하실 텐데.'

손예지의 말에 조진호가 고개를 끄덕이며 말했다.

"공감합니다. 저도 장 작가가 혜수 역할에 예지 씨 생각하며 썼다고 해서 처음엔 '손예지 씨가 공포 영화에?' 하면서 좀 황당했는데, 시나리오를 읽다가 보니까 정말 예지 씨 외에 다른 배우는 아예 떠오르질 않더라고요."

그러면서 조진호가 살짝 걱정스러운 표정으로 말했다.

"근데 예지 씨, 아시는지 모르겠지만 지금 저희 사정이 그렇게 좋지가 않아요. 물론 예지 씨가 출연을 결정해 줘서 너무도 감사하고 신규 투자 가능성도 높아진 건 사실이지만, 저희가 이미 써 버린 제작비가 꽤 돼서……."

조진호와 박홍식은 혹시라도 그것 때문에 손예지가 결정을 바꿀까 봐 걱정하는 표정.

하지만 태수는 이미 그런 사정을 손예지에게 모두 얘기를 해 됐다.

손예지도 걱정 말라는 투로 말했다.

"그 얘긴 이미 태수한테 모두 들었어요. 추가로 들어가야 하는 제작비가 대략 얼마나 되죠?"

조진호가 무거운 음성으로 말했다.

"소영희 씨는 물론이고 이갑수 씨도 스케줄상 출연이 어렵다고 연락이 와서 사실상 찍은 분량을 모두 날려야 하는 상황이거든요. 그렇게 따지면 대략 5억 원 정도?"

팔짱을 낀 채 잠시 생각에 잠겨 있던 손예지가 말했다.

"그럼 이렇게 하면 어떨까요? 제 출연료는 얼마로 생각하고 계세요?"

조진호가 머뭇거리다가 대답했다.

"저희가 아무리 저예산이라도 예지 씨 출연료는 최소 3억 원은 보장을 해 드려야……."

"출연료는 1억 원만 주세요."

"예에?"

"저예산 영화에 제가 출연료로 3억 받아 가면 무슨 돈으로 영화 찍어요? 이럴 땐 배우들도 배려를 해야 한다고 생각해요. 그리고 그 1억도 제작비로 투자할게요."

조진호와 박홍식은 물론 태수도 놀란 얼굴로 손예지를 돌아봤다.

조진호가 감동받은 표정으로 말을 더듬었다.

"예, 예지 씨, 그렇게까지……."

"작품이 좋으니까 저도 욕심내는 거예요. 그럼 부족한 제작비가 4억인가요? 음…… 그 4억은 제가 직접 투자할게요. 말하자면 제가 이 영화의 부분 투자자로 참여하겠단 얘기예요."

순간 모두의 입에서 탄성이 흘러나왔다.

조진호의 눈빛이 파도처럼 출렁거렸고 눈가가 붉어졌다.

"예, 예지 씨……."

박흥식도 자신의 귀를 의심하며 헛웃음을 지었다. 마치 이게 현실이라는 걸 믿지 못하겠다는 듯 중얼거렸다.

"와, 이거 실화 맞아?"

조진호는 그동안 혼자 힘들었던 순간들이 떠오른 듯 눈물을 글썽이며 말했다.

"예지 씨, 크흑…… 이유가 뭐든…… 정말…… 정말 고마워요. 예지 씨 실망시키지 않도록…… 정말…… 정말로 좋은 영화 만들어 볼게요."

손예지가 농담처럼 말했다.

"너무 그러니까 제가 잘못된 투자를 한 것 같잖아요. 전 분명히 이 영화가 잘될 것 같아서 사업적인 관점으로 투자한 거라고요. 태수야, 나 투자 잘한 거 맞지?"

태수도 조진호나 박흥식 못지않게 감동하던 중이었다.

아무리 다른 선입견 없이 작품만 보고 판단한다지만 실제로 이렇게 과감한 결정을 할 수 있는 배우가 몇이나 될까?

이런 사람들에겐 꼭 좋은 일이 생겨야만 한다.

태수가 그 어느 때보다 확신에 찬 목소리로 말했다.

"그럼요. 아주 잘하셨어요. 이 영화 분명히 흥행할 거예요. 제가 장담할게요."

태수의 말에 손예지가 소리 내어 웃었다.

"너 또 방금 점쟁이처럼 굴었어. 근데 이상한 건 말이야, 네가 말하면 정말로 그렇게 될 것 같은 기분이 든단 말이지. 뭐지, 이런 이상한 기분은?"

박흥식도 감격한 표정으로 말했다.

"네. 저도 예지 씨가 투자하길 정말 잘했다는 생각할 수 있도록 최선을 다해서 좋은 영화 만들어 보겠습니다. 그러고 보면 이 모든 게 우리 장 작가 덕분이네요. 정말로 고마워, 장 작가!"

태수가 놀라서 손을 내저었다.

"아, 아니에요. 제 수정고는 감독님 오리지널 시나리오가 있어서 나올 수 있었던 거죠. 그리고 예지 누나도 감독님이었으니까 이렇게 출연을 결정한다고 저한테 얘기했어요."

박흥식이 무슨 소리냐는 듯 손예지를 돌아봤다.

손예지가 고개를 끄덕이고는 말했다.

"맞아요. 당연히 시나리오만 보고 판단하진 않죠. 시나리오 못지않게 중요한 게 감독인데. 감독이 박흥식 감독님이라는 것도 출연을 결정하는 데 중요한 이유였어요."

박홍식이 믿어지지 않는다는 듯 물었다.

"저 진짜 초짜 감독이고 화려한 수상 이력도 없는데……
대체 저의 어떤 점을 보시고?"

손예지가 진지한 표정으로 입을 열었다.

"요즘 충무로 영화는 여성 캐릭터를 너무 도구처럼 다뤄
요. 근데 감독님은 다른 남성 감독들과 다르게 여성 캐릭터
를 소비하지 않고 진지하게 다루시는 것 같았어요. 특히 〈청
춘들〉에서 예리 역이 전 정말 마음에 들었거든요."

박홍식이 감격한 표정으로 양손으로 얼굴을 감쌌다가 내
리고는 말했다.

"와, 〈청춘들〉에서 예리 역할을 유심히 보셨군요. 그걸 그
런 식으로 알아봐 준 사람들 진짜 없었는데. 사실 제가 여성
캐릭터에는 나름 자신이 있거든요. 왜냐하면 저희 집이 1남
5녀예요. 제 위로 누나가 넷이고 아래로는 여동생."

수줍게 말끝을 흐리는 박홍식의 말에 손예지가 갑자기 깔
깔거리며 웃었다.

"하하, 진짜요? 어쩐지, 여자에 대해서 모르면 절대로 그
렇게 세심한 심리 표현을 할 수가 없거든요."

조진호도 옆에서 거들었다.

"그래서 이 친구가 겉으로 봐서는 산적처럼 생겼지만 알면
알수록 정말 여성스러운 구석이 많아요. 섬세하고."

태수는 세 사람이 금방 마음이 통해서 환하게 웃는 모습을 보며 찌릿한 감동과 행복을 느꼈다.

'이렇게 마음이 맞는 사람들하고 영화를 만든다면 그 자체로 얼마나 행복한 일인가.'

게다가 자신도 이런 사람들과 함께 영화를 만들 수 있다는 사실이 너무도 기쁘고 고마웠다.

술잔이 오고 가며 박홍식이 누나들과 살면서 겪은 웃픈 사연을 털어놓았다.

"제가 어땠는지 아세요? 화장실을 가면 보통 남자들은 변기 커버를 올리고 소변을 누잖아요? 근데 누나들이 소변 튄다고 앉아서 소변을 보라고 해서 저는 지금까지도 앉아서 소변을 보거든요."

모두들 까르르 웃으며 웃음꽃을 피웠다.

태수도 수염을 덥수룩하게 기른 박홍식 감독이 앉아서 소변보는 모습을 상상하자 저절로 웃음이 터져 나왔다.

촬영 현장에서는 상남자도 그런 상남자가 없는데 그런 깨알 같은 비밀이 있었다니. 역시 사람은 겉만 보고 판단하면 안 된다는 걸 새삼 깨달았다.

손예지가 정색을 하고는 조진호와 박홍식을 돌아보며 말했다.

"자, 그럼 저도 이제 이 영화에 출연하는 배우이기 이전에 투자자니까, 제작 과정에 대해서 의견도 내고 참여할 수도 있는 거죠?"

"그럼요, 당연히."

"아, 그렇다고 오해는 하지 마세요. 연출에 대해서 간섭하겠다는 얘기는 절대로 아니니까."

"전 예지 씨가 적극적으로 참견을 해 줬으면 좋겠습니다."

박흥식의 말에 한바탕 웃음을 터뜨린 후에 손예지가 진지한 목소리로 말했다.

"그럼 이제 중요한 얘기를 해야겠네요. 나머지 제작비는 어떻게 되나요?"

조진호가 말했다.

"다른 곳에선 이미 다 거절을 당했고 위브라더스에서 내일까지 답을 주기로 했어요."

손예지가 눈을 빛내며 물었다.

"위브라더스요?"

"네, 왜요?"

"거기 투자 결정하는 사람이 마틴 김 본부장님 아닌가요?"

"예. 맞아요. 마틴 김을 아세요?"

"그럼요. 저희 소속사 대표님하고 죽마고우라서 저하고도 친해요."

"아, 그러셨군요. 사실 저희는 이제 투자에 대한 걱정은 별로 하지 않습니다. 손예지가 출연뿐만 아니라 투자까지 한다고 하면 모든 투자사에서 달려들 겁니다."

조진호는 그동안 투자사들의 불합리한 관행에 힘들었던 시간과 울분이 떠오르는지 제법 강한 어조로 말했다.

"그렇게 되면 KU엔터에선 가장 먼저 땅을 치고 후회하겠죠. 그 외에 저희를 거절했던 다른 투자사들도 뒤늦게 비상이 걸릴 테고."

생각만 해도 행복한지 조진호가 연신 만면의 웃음을 지었다.

손예지가 진지한 표정으로 물었다.

"그럼 민수 역할은 이갑수 선배님이 그대로 하시는 건가요?"

조진호가 대답했다.

"아뇨, 이갑수 씨는 스케줄상 이번엔 참여하기 힘들 것 같아요. 예지 씨하고 나이 차도 너무 많이 나는 문제도 있고. 예지 씨는 혹시 염두에 둔 배우 있어요?"

"아뇨, 저도 딱히 떠오르는 배우가 없어서……."

박홍식이 말했다.

"저도 계속 생각은 하고 있었는데 딱 마음에 와닿는 배우가 없네요."

즉석에서 인지도 있는 30-40대의 남자 배우들 이름이 오르내렸지만 스케줄상의 문제도 있고 딱히 어울리겠다 싶은 배우의 이름은 나오질 않았다.

태수는 배우들에 대해서 잘 알지 못하는 탓에 주로 얘기를 듣는 쪽이었다.

'이상하다? 그 전에 환상에서 봤을 때 민수 역할에는 이갑수 씨가 민수 역할을 했는데? 그렇다면 대체 누가 민수 역할을 하게 되는 거지?'

사실 이전에 본 환상에서 이갑수의 모습이 희미해서 의아하게 생각하긴 했다. 어쩌면 손예지와 달리 극을 이끌어 가는 캐릭터가 아니라서 그랬던 것인지도 몰랐다.

하지만 혜수 역할 못지않게 아빠인 민수 역할도 당연히 중요한 배역이었다.

혜수 역할에 비해서는 수동적인 캐릭터이고 사건의 흐름을 바꿀 정도의 영향력을 가진 캐릭터도 아니지만 일가족의 가장이기에 당연히 신중을 기해야만 했다.

태수는 시나리오를 떠올리며 정신을 집중했다.

환상 속에서 모텔 쉼터에서 가족들이 식사 전에 기도문을 암송하는 7씬의 영상이 떠올랐다. 이전 촬영에서 강민지가 이상 증세를 보였던 씬이기도 했다.

이 씬에서 아빠인 민수는 지하실에서 들려오는 이상한 소리를 듣고 혼자 자리에서 일어나 지하실로 향한다.

화르르르륵.

머릿속에 영상이 떠올랐다.

혜수 역할을 맡은 손예지와 아이들이 기도문을 읊는 소리가 웅웅거리며 머릿속에서 울렸다. 그리고 아빠 역할인 민수

의 얼굴에는 뿌연 막이 한 꺼풀 덮인 것처럼 분명하게 모습
이 보이질 않았다.

'누구지? 너무 흐릿해서 누군지 알아볼 수가 없네. 칠성이
내린 '능'의 힘을 빌리면 보이려나?'

칠성이 내린 '능'은 미래를 보는 대신 많은 귀기를 소모한
다.

태수가 칠성의 능을 떠올리자 눈앞의 공기가 흔들리며 메
시지가 떠올랐다.

제7성인 파군성의 예지파군의 능이 작동합니다.

화르르르륵.

다시 영상이 떠올랐다.

민수의 얼굴에서 장막이 걷히며 배우의 모습이 드러났다.

태수가 미간을 좁히며 중얼거렸다.

'어? 저 사람은…… 장웅인?'

장웅인은 평소 태수도 좋아하는 배우 중 한 명이었다.

화려한 이력을 쌓지는 않았지만 자신만의 독특한 캐릭터
로 어떤 장르든 잘 소화하며 극의 재미를 살릴 줄 아는 배우
였다.

지금 일행의 입에 오르내리는 배우들에 비해 인지도나 중
량감은 떨어지지만 어차피 손예지가 있으니 굳이 민수 역할

까지 지명도 있는 배우를 캐스팅할 필요는 없지 않을까.

아직까지 세 사람이 논의하는 과정에서 장웅인의 이름은 한 번도 나오지 않았다.

여태까지 얘기를 듣기만 하던 태수가 처음으로 입을 열었다.

"민수 역할에 장웅인은 어떨까요?"

태수의 말에 먼저 반응을 보인 건 조진호 대표였다.

"장웅인? 장웅인은 좀 약하지. 살짝 조연 느낌 나는 데다 요즘엔 방송에서도 얼굴 보기 쉽지 않던데? 예지 씨하고 균형이 안 맞을 것 같은데."

"아냐, 형. 웅인 선배 꽤 괜찮은 선택인 것 같은데? 나 장웅인 선배랑 개인적으로 인연이 있거든."

박흥식의 말에 조진호가 의아하게 물었다.

"네가? 어떻게?"

"〈청춘들〉 이전에 〈새벽달〉 촬영할 때 웅인 선배가 딱 어울릴 만한 장면이 하나가 있었어. 주연도 아니고 그냥 단역 같은 역할이라서 어렵게 부탁을 했는데, 바로 승낙을 해 주시더라고. 그래서 〈새벽달〉에 카메오처럼 출연을 해 주셨어."

손예지가 눈을 크게 뜨고 물었다.

"〈새벽달〉에 웅인 선배가 나왔다고요? 나 그 영화 봤는데 왜 기억이 안 나지?"

"왜 새벽에 연쇄살인범 한수가 2층 주택에 들어가 여자를 성폭행하고 살해한 후에 태연하게 걸어 나와서 주택가를 걸어가는 장면이 나오잖아요."

"기억나요. 새벽의 여명이 밝아 오는데 당당하게 걸어가는 그 장면 너무 소름 끼쳤어요."

"그 장면에서 골목 구석에 앉아 있던 노숙자 기억나세요? 벙거지 모자 쓰고."

손예지가 당연하다는 듯 말했다.

"그럼요, 기억나죠. 한수 걸어가는 거 보고 손에 피 묻었다고 말했다가 살해당하…… 혹시 그 노숙자가 웅인 선배?"

박흥식이 웃으면서 고개를 끄덕이자 손예지가 너무 놀라 손으로 입을 가렸다.

"말도 안 돼. 정말 그 노숙자가 웅인 선배라고요?"

"맞아요. 선배가 당일 촬영 스케줄 있는데도 새벽에 나와서 그 한 장면 찍어 주고 가셨어요. 〈새벽달〉 본 관객들 중에 그 노숙자를 기억하시는 분들이 정말 많더라고요."

박흥식 감독의 말에 조진호도 놀란 표정으로 말했다.

"와, 나도 몰랐는데 그 노숙자가 장웅인이었어?"

태수도 얘기를 들으며 찡하고 가슴이 울리는 느낌을 받았다.

〈새벽달〉은 태수도 박흥식 감독에 대해 알고 싶어서 일부러 찾아서 본 독립 영화다.

연쇄살인범을 소재로 한 스릴러였는데 스토리가 대단히

뛰어난 건 아니지만 음울한 분위기나 배우들의 연기가 꽤 좋았다.

조진호 대표 말처럼 태수 역시 노숙인 연기를 했던 단역배우가 인상에 남았다.

손에 피가 묻었다고 하자 연쇄살인범인 한수가 다가와 씩 웃으며 말한다.

"봤어?"

위기를 직감한 노숙인이 고개를 흔들며 말한다.

"미, 미안해요. 내가 자, 잘못 봤나 봐요. 난 그냥 세상에 없는 사람이나 마찬가지니까 그냥 놔주면 안 되겠습니까?"

한수가 노숙인에게 말한다.

"잘됐네. 어차피 없어도 모를 인간이라면."

말을 마친 한수는 칼을 꺼내 노숙인을 잔혹하게 살해한다.

당시 공포에 사로잡혀 떨리던 노숙인의 눈빛이 역설적으로 한수를 더욱 무시무시한 살인마로 돋보이게 만들어 줬다.

그런데도 노숙인 분장을 한 탓에 장웅인이라는 생각을 전혀 못 했던 것이다.

박흥식이 일행을 둘러보며 말했다.

"전 장웅인 선배 괜찮을 것 같아요. 오랫동안 연극 무대에도 섰고 자신만의 독특한 캐릭터도 있고 무엇보다 연기 잘하고 성실한 배우예요. 서민적이고 연민을 자아내는 캐릭터라서 빚을 지고 가족과 함께 모텔로 들어가는 민수 역할에도 잘 맞을 거예요."

조진호도 고개를 끄덕였다.

"그때 그 노숙인의 공포에 질린 눈빛이 참 인상적이긴 했지. 이번 민수 역할도 공포에 반응하는 장면이 많으니까 괜찮을 것 같기도 하네. 예지 씨는 어때요, 파트너로?"

손예지가 예전 기억이 떠오르는 듯 촉촉한 눈빛으로 말했다.

"전 좋아요. 웅인 선배는 예전에 제가 신인일 때 드라마에서 작품 같이했거든요. 〈이웃집 아저씨〉라고 제가 소녀 가장으로 나오고 웅인 선배가 몰래 절 도와주는 옆집 아저씨로 나왔어요. 그때 저한테 정말 잘해 주셨는데, 이후로는 몇 년 동안 한 번도 못 봤거든요."

"아, 그런 인연이 있었군요. 그럼 뭐 우리 내부적으로는 장웅인 씨로 미는 겁니까?"

손예지가 활짝 웃으며 말했다.

"전 좋아요. 웅인 선배는 상대 배우를 돋보이게 만드는 배우예요. 상대역으로는 최고죠."

박흥식도 대답했다.

"저도 좋습니다. 좋은 선택이 될 것 같아요."

조진호가 태수를 보다가 히죽 웃었다.

"장 작가야 뭐, 본인이 추천했으니까."

손예지가 말했다.

"말 나온 김에 지금 나올 수 있는지 전화해 보세요. 오랜만에 웅인 선배 보고 싶네요."

"그럼 그럴까요? 쇠뿔도 단김에 빼라고 전화해 봐야겠네."

조진호가 휴대폰에서 전화번호를 찾아 가며 태수를 보고 웃으며 중얼거렸다.

"원래 캐스팅은 이렇게 술 마시다가 얼떨결에 하는 거야. 장웅인 씨 번호가 나한테 있을 텐데? 어, 여기 있다."

조진호가 전화를 걸었다.

"예, 웅인 씨, 안녕하세요? 고스트라인 조진호입니다. 예예. 〈꽃피는 고향〉 때 맞아요. 기억하시네, 하하."

잠시 근황을 주고받던 조진호가 물었다.

"웅인 씨, 혹시 지금 시간 어때요?"

-지금요? 시간은 괜찮은데 무슨 일이신지?

"지금 여기 웅인 씨를 보고 싶어 하는 사람들이 많거든요? 박흥식 감독 알죠?"

-아, 예, 박 감독 잘 알죠. 박 감독하고 같이 계세요?

"박 감독만 있는 게 아니라 예지 씨도 같이 있어요. 손예지 씨."

-어? 손예지요?

"예. 예지 씨가 웅인 씨 보고 싶다고 지금 나오시랍니다."

손예지가 조진호의 휴대폰을 건네받고는 말했다.

"선배님, 잘 지내셨어요?"

-어, 예지구나. 와, 진짜 오랜만이다. 맨날 화면으로만 보고 이게 대체 몇 년 만이냐?

"그러니까요. 얼굴 한번 봐야죠. 괜찮으시면 지금 나오세요. 우린 계획 잡고 만나려면 어렵잖아요."

-하하, 그 말은 맞다. 오케이, 다른 사람도 아니고 손예지가 나오라는데 나가야지. 하하.

조진호가 휴대폰을 건네받아서 술집 위치를 알려 주고 전화를 끊었다.

손예지가 태수를 바라보며 감탄하듯 말했다.

"확실히 우리 태수는 촉이 남달라. 어떻게 그렇게 한 번에 콕 찝어낼 수가 있지?"

태수는 별다른 말을 하지 않고 그저 빙그레 웃었다.

혹시라도 장웅인을 반대하면 어쩌나 걱정했는데 다행이었다. 박홍식 감독은 물론이고 손예지와도 그런 친분이 있다면 현장에서의 호흡도 걱정할 필요가 없을 것 같았다.

1시간도 되지 않아 장웅인이 룸으로 들어섰다.

태수는 아직도 배우를 보면 신기하고 마음이 쿵쿵거렸다. 장웅인도 마찬가지였다. 표정이나 말투가 작품 속에서의 모습과 조금도 다르지 않았다.

장웅인이 나머지 일행과 반갑게 인사를 나눈 후 조진호 대표가 태수를 소개했다.

"웅인 씨, 인사해요. 여긴 장태수 작가. 웅인 씨를 이곳으로 불러낸 장본인이에요."

"안녕하세요? 장태수입니다."

태수의 인사에 장웅인이 어정쩡하게 인사를 하며 물었다.

"아, 작가분이신가요? 근데 어떻게 날……?"

손예지가 중간에 끼어들면서 말했다.

"선배, 무슨 영문인지는 차근차근 얘기를 들어 보면 되지. 일단 앉아서 얘기해요. 중요한 얘기를 해야 하니까."

장웅인이 자리에 앉으며 얼떨떨하게 물었다.

"중요한 얘기? 그냥 술 마시는 자리 아니었어?"

조진호가 정색을 하고 말했다.

"웅인 씨는 소속사보다 본인 의견으로 결정을 하시니까 직접 말씀드릴게요. 혹시 〈모텔 파라다이스〉라고 공포 영화 들어 보셨어요?"

"어우, 당연히 알죠. 박 감독 데뷔작이고 대표님이 제작하시는 영화잖아요. 얼마 전에 기사 보니까 무슨 사고 있어서 제작 중단됐다고……."

"예, 맞습니다. 중단됐다가 이번에 다시 제작을 하게 됐어요."

"아이고, 다행이네요. 축하드립니다."

"사실 오늘 웅인 씨 보자고 한 것도 다름이 아니라 저희 영화에 출연을 해 주실 수 있는지 의사를 여쭤보려고요. 아, 물론 아직은 시나리오도 보지 않으신 상태니까 당장 대답을 해 달라는 건 아니고."

장웅인이 얼떨떨한 표정으로 물었다.

"아, 이거 뭔지 모르지만 갑자기 납치당하는 기분인데? 갑자기 예전에 〈새벽달〉 생각나는데? 뭐 그래도 대표님하고 박 감독 작품이라면 해야죠, 이번에도 노숙인 뭐 그런 거예요?"

갑자기 불려 나와서 장웅인은 또 예전처럼 단역이나 카메오 같은 역할을 생각한 모양이었다.

조진호가 〈모텔 파라다이스〉의 줄거리를 간략히 설명한 후에 말했다.

"그 일가족의 아빠 역할이에요. 사실상 출연진이 일가족 네 명이라서 주조연의 구분은 없다고 보시면 되고요."

그제야 장웅인이 살짝 상기된 얼굴로 물었다.

"아, 그럼 분량이 꽤 되는 역할이네요?"

박흥식이 말했다.

"그럼요, 선배님. 〈새벽달〉에 노숙자 같은 역할 아니에요. 확실한 주연이에요."

"아, 주연이라. 영화 한 지 엄청 오래됐는데 말이야."

장웅인이 감회가 새로운 듯 잠시 말을 끊고 술잔을 만지작 거리다가 술을 입안으로 털어 넣었다.

영화는커녕 최근 드라마에도 잘 나오지 못하는 입장이라 그럴 만도 했다.

손예지가 물었다.

"선배, 왜 요즘 드라마는 안 해요?"

고개를 들고 대답하는 장웅인의 눈가가 살짝 붉어져 있었 다.

"재미가 없어. 주어지는 역할이 늘 똑같으니까. 그런 식으로 몇 년이나 버티겠어? 난 기계적으로 하는 연기는 싫어. 그럴 바엔 차라리 〈새벽달〉에서처럼 단역이라도 관객의 기억에 남는 역할이 낫지."

박흥식이 말했다.

"선배님 같은 배우가 그런 대접을 받아선 안 되죠. 이번에 저나 손예지하고 재미있게 작품 만들어요."

장웅인이 의아하게 물었다.

"어? 예지도 나와?"

손예지가 웃으며 대답했다.

"그럼요, 제가 선배 와이프예요."

장웅인의 눈이 휘둥그레졌다.

"그, 그게 정말이야? 〈모텔 파라다이스〉 공포 영화 아니 었어?"

퇴마하는 톱스타

"전 뭐 공포 영화 출연하면 안 되나요? 저도 요즘 선배하고 같은 고민을 했어요. 계속 이미지 소모만 해서 너무너무 변신이 하고 싶었거든요."

"야, 이거 기사 나가면 난리 나겠다. 손예지가 공포 영화에, 그것도 엄마로 출연하다니. 네가 출연 결심한 거 보면 시나리오가 진짜 괜찮은가 보네?"

조진호가 말했다.

"여기 장태수 작가가 〈모텔 파라다이스〉 시나리오를 썼고 아빠인 민수 역할에 웅인 씨도 추천을 했어요. 아, 그리고 우리 영화 공동 제작자셔."

장웅인이 놀란 표정으로 태수를 돌아보고는 고개를 숙였다.

"정말 고맙습니다, 잘나가는 배우들도 많은데 저 같은 사람을 추천해 줘서. 굉장히 젊은 분인 것 같은데 대단하시네요. 벌써 이런 시나리오를 쓰고 영화 제작까지 하시다니."

태수는 그런 장웅인을 보고 있으려니 자신도 드라마나 영화 속으로 들어온 것 같은 착각이 들었다.

하지만 지금 장웅인의 표정은 연기가 아닌 진짜 마음이었다.

"아니에요, 오히려 감사는 제가 드려야죠. 그리고 앞으로 편하게 말씀 놓으세요. 저 앞으로 형이라고 불러도 되죠?"

"이름이……?"

"태수요, 장태수."

"이야, 내가 올해 동쪽에서 귀인을 만난다고 하더니……
혹시 작가님 아냐? 작가님 집이 어디에요?"

태수가 웃으며 대답했다.

"저…… 강동구인데요."

장웅인이 손뼉을 치면서 일행을 돌아보고 호들갑스럽게
말했다.

"봤죠? 내 귀인 맞다니까. 강동구라잖아, 하하."

나머지 일행도 신기하다는 듯 다들 한마디를 했다.

장웅인이 말했다.

"전 무조건 출연합니다. 시나리오 안 봐도 돼요. 대신 절
대 무르는 거 없습니다, 하하하."

재활설

KU엔터의 투자 2팀 김성욱 과장과 강영호 대리가 자신들이 투자한 영화 〈오래된 기억〉의 촬영 현장을 찾았다.

〈오래된 기억〉은 120억대의 대규모 제작비가 투입된, 흔히 말하는 텐트폴 영화다.

텐트폴 영화란 여름과 겨울 성수기를 대비해 할리우드 메이저 제작사에서 제작하는 블록버스터 영화를 일컫는 말이다.

근데 몇 년 전부터 국내에서도 100억 이상의 대규모 예산이 투입된 각 투자사의 여름과 겨울 성수기 대표작들을 텐트폴 영화라고 부르기 시작했다.

〈오래된 기억〉 역시 KU엔터의 올여름 대표적인 텐트폴 영화인 셈이고.

KU엔터에서 원래 계획했던 올여름 개봉관 라인업은 7월 중순쯤 저예산 공포 영화 〈모텔 파라다이스〉로 여름 시장의 포문을 열고 대략 2주 정도 극장에서 상영한 후 8월 초순에 〈오래된 기억〉으로 바통을 이어받는다는 계획이었다.

텐트폴 영화답게 〈오래된 기억〉에는 강동운과 조인수, 전지혜 등의 내로라하는 특급 스타들이 주연으로 참여해 벌써부터 올여름 극장가 최강자라는 소문이 돌기 시작했다.

그에 반해 〈모텔 파라다이스〉는 어차피 마케팅까지 포함해서 총제작비 규모가 15억 원 안팎에 불과한 저예산 공포 영화여서 처음부터 관객수 60-70만 정도를 한계점으로 보고 투자한 영화였다.

손익분기점을 넘기면 다행이고 그렇지 못하더라도 이어서 개봉하는 〈오래된 기억〉의 상영관을 미리 선점하는 효과만 가져가도 제 역할은 다했다는 판단을 가지고 있었다.

따라서 〈모텔 파라다이스〉는 어느 정도 흥행을 한다고 해도 2주 후에는 극장에서 모두 내려질 운명의 영화였다.

근데 〈모텔 파라다이스〉의 촬영 현장에 문제가 발생하면서 KU엔터는 투자 계획 자체를 철회하게 되었고 올여름엔 〈오래된 기억〉에만 올인하기로 방침을 바꿨다.

그런데 황당하게도 자신들이 제작사에 모든 부담을 지우는 무리수까지 두며 투자를 철회한 〈모텔 파라다이스〉에 손예지가 출연을 확정했다는 소식이 들려왔다.

〈오래된 기억〉에서도 손예지를 캐스팅하기 위해 마지막까지 공을 들였지만 결국 실패했는데, 순제작비 10억도 되지 않는 저예산 공포 영화에 손예지가 출연을 확정했다는 소식은 그 자체로 충격이었다.

덕분에 〈모텔 파라다이스〉의 투자를 담당했던 투자 2팀 팀장인 김성욱 과장은 대표실까지 불려 가 질책을 받았고 투자를 철회하게 된 배경과 이후 배급 상황에 대한 별도의 보고서까지 작성해야만 했다.

지금 촬영하는 장면은 강동운이 오래전 헤어진 첫사랑의 비밀을 깨닫고 오열하는 장면이었다.

김성욱 과장이 팔짱을 낀 채 강동운의 연기를 지켜보며 중얼거렸다.

"난 아직도 실감이 안 가. 손예지가 저예산 공포 영화에 출연한다는 게. 아무리 시나리오가 잘 빠졌다고 해도 그렇지. 이거 뭔가 있는 거 아냐?"

강영호 대리도 난감한 표정으로 말했다.

"어제 위브라더스 쪽 얘기 들어 보니까 손예지에 이어서 아빠 역할에 장웅인이 캐스팅됐다고 하더라고요."

"장웅인? 손예지 상대역으로 장웅인을 캐스팅했단 말야? 미친 거 아냐?"

"그러니까요. 장웅인은 요즘 화면에서 얼굴 보기도 힘든 배운데."

"미쳤네. 거기 할리우드 자본이라서 아직 국내 실정을 모르는구먼. 손예지를 캐스팅하고 상대역으로 장웅인을 쓰면 그게 균형이 맞아? 뉴욕 출신이라서 그런지 일하는 거 보면 마틴 김 본부장도 아직 멀었어."

"아무래도 그쪽도 여름 시장을 노릴 텐데, 저희하고 맞붙을 가능성도 있지 않을까요?"

"붙으면?"

"아니, 그래도 손예지니까 신경은 좀 쓰이죠. 그때 조진호 대표 마지막에 와서 사정할 때 한 번 더 검토를 해 볼 걸 그랬나 봐요. 괜히 신문에서 투자사 갑질이니 뭐니 해서 욕도 먹었는데."

김성욱 과장이 어이없다는 표정으로 말했다.

"야, 강영호, 장난하냐? 뭐 손예지만 나오면 영화가 저절로 된대? 야, 저예산 공포 영화 손예지 아니라 하정수가 나와도 답 없어. 너도 말하는 거 보니까 마틴 김인가 뭐시긴가 하고 똑같다, 똑같아. 너도 아직 멀었어, 인마. 영화는 홍보야. 내가 장담하는데 모텔 파라다이스 2주 안에 묻힌다."

김성욱 과장이 다시 촬영 현장으로 고개를 돌리고 보다가 말했다.

"그것보다 지금 영화는 잘 찍고 있는 거냐? 아무리 이명호가 유수의 영화제에서 상을 받았다고 해도 신인 감독이라서 좀 불안하단 말야."

강영호 대리도 동의했다.

"솔직히 이명호 감독 영화가 좀 애매하긴 하잖아요. 대중적이라기보다는……."

"야, 불길하게 그런 소리 하지 마."

그때 이명호 감독의 경쾌한 외침이 들려왔다.

"컷! 오케이!"

명호가 강동운을 비롯한 배우들과 스태프들을 향해서 소리쳤다.

"자, 10분만 쉬었다 가죠."

명호가 김성욱과 강영호를 발견하고는 반갑게 다가왔다.

"아이고, 과장님이랑 대리님 오셨네? 잘 찍고 있나 감시하러 오셨어요?"

"에이, 섭섭하게 무슨 말씀을. 응원해 드리려고 온 거예요. 이야, 역시 강동운은 강동운이네. 같은 남자가 봐도 빠지는데 여자들은 뭐……."

"하하, 괜히 강동운이겠어요?"

제작부 스태프가 다가와서 명호에게 커피를 건넸다.

"감독님, 커피요."

"어, 고마워. 여기 두 분한테도 커피 한 잔씩 드려."

김성욱이 얼른 손사래를 쳤다.

"아이고, 저희는 됐습니다."

명호가 커피를 한 모금 마신 후에 문득 생각난 듯 물었다.

"참, 제목이 모텔 파라다이스였나요? KU에서 까이고 위 브라더스에서 새로 투자받았다는 영화."

"아예, 맞습니다."

"그거 홍식 형이 연출하는 영화로 알고 있는데, 손예지 붙 었다면서요?"

"알고 계시네요. 저희도 그 소식 듣고 너무 의외라서."

명호가 인상을 찌푸리며 물었다.

"시나리오가 그렇게 잘 나왔나? 손예지가 왜 붙었대?"

김성욱이 대답했다.

"처음 오리지널은 그냥 그랬는데 나중에 수정고가 들어왔 는데 꽤 잘 빠졌더라고요. 뭐랄까…… 공포 영화인데도 캐릭 터들이 단순하지가 않고 입체감이 있다고 해야 하나? 무엇 보다 상당히 무서워요."

명호가 의외라는 듯 입꼬리를 살짝 올렸다가 내렸다.

"시나리오 작가가 누구예요? 가만, 그거 홍식이 형이 시나 리오 쓴 걸로 알고 있는데?"

"처음 오리지널 원고는 박홍식 감독이 쓴 게 맞고, 이후 수정고는 신인 작가라고 하던데 이름은 잘…….."

명호가 다시 커피를 한 모금 들이켜고는 말했다.

"뭐 그래 봤자 공포 영화 아니겠어요? 어떻게, 두 분 오셨 으니까 저녁에 회식 한번 할까요?"

〈모텔 파라다이스〉 제작사 고스트라인 회의실.

태수는 지분 30퍼센트를 보장받고 〈모텔 파라다이스〉의 공동 제작자로 계약서에 이름을 올렸다. 덕분에 캐스팅 회의부터 영화 과정 전반에 참여할 수 있는 권리와 책임이 생겼다.

조진호 대표, 박홍식 감독, 한상훈 피디가 함께하는 제작 회의에도 동등한 자격으로 참석할 수가 있었다.

회의실 책상 위에는 〈모텔 파라다이스〉의 수정 시나리오가 책으로 인쇄되어 올라와 있었다.

판형이 소설책보다 작아서 손안에 쏙 들어왔고 표지도 깔끔한 이미지로 나와서 마음에 들었다.

책의 하단에는 '각본 장태수/박홍식'이라는 글자가 인쇄되어 있었다.

뭉클한 마음과 함께 비로소 이 영화의 공동 제작자이자 각본가가 됐다는 사실이 실감이 났다.

투자가 결정되자 모든 의사 결정들이 일사천리로 이루어졌다.

투자사인 위브라더스는 좀 더 인지도 있는 배우를 원했지만, 조진호 대표의 설득으로 장웅인이 무난히 낙점을 받았다.

캐스팅이 마무리되면서 프리 프로덕션도 빠르게 돌아갔다.

이전 촬영분 중에서 소영희와 이갑수가 나온 장면을 제외하고 새롭게 촬영해야 하는 분량에 대한 촬영 계획과 논의가 이루어졌다.

기존 스태프에 대한 계약도 다시 진행이 됐고 배우 스케줄과 촬영 일정표도 신속하게 작성이 됐다.

태수는 아예 고스트라인 사무실에서 먹고 자면서 그 모든 과정을 눈으로 익히고 필요하면 그때그때 메모로 남겼다.

지금 보고 느낀 모든 것들이 추후 자신이 영화를 연출하고 제작할 때 소중한 자산이 되리라는 건 의심의 여지가 없었다.

장웅인은 그야말로 이번 영화에 자신의 모든 걸 쏟아붓는 사람처럼 열정적으로 임했다.

시나리오에서 이해가 되지 않는 부분은 낮이든, 밤이든 사무실로 찾아오거나 전화를 걸어서 확인을 했다.

박흥식 감독이 바쁠 땐 태수를 찾아서라도 반드시 확인을 하고 넘어갔다.

"장 작가, 여기 10씬에서 민수가 지하실에 내려갔다가 원혼을 보는 게 맞는 거지? 환상을 보는 건 아니지?"

"예, 아니에요. 확실하게 원혼을 본 거예요."

"여기 28씬에서는 좀 더 분명하게 원혼하고 마주치게 되는 거고?"

"예. 28씬에서 민수가 모텔에 원혼이 있다는 걸 확실하게 인지를 하는 거예요."

장웅인이 시나리오 책을 보며 생각에 잠겼다.

얼마 전에 책을 가져간 장웅인의 시나리오책은 불과 며칠 사이에 표지가 너덜거릴 정도로 닳아 있었다.

안쪽 내용 부분에는 볼펜으로 적어 놓은 메모와 글자 들이 깨알같이 적혀 있었고.

"근데 말이야, 내가 이해가 안 되는 게 모텔에 그런 원혼이 있다는 걸 알았으면 당연히 가족을 데리고 나가야 되는 거 아닌가? 나 같으면 그렇게 했을 것 같은데."

이번 시나리오를 쓰면서 태수가 가장 고민했던 지점도 바로 그 부분이다. 또한 이번 영화에서 태수가 말하고자 하는 주제가 담긴 부분이기도 하고.

처음에 박홍식 감독이 썼던 오리지널 시나리오에서는 민수가 보는 원혼이 환상처럼 애매모호하게 묘사가 되어 있었다.

그렇다 보니 관객들은 민수가 보게 되는 원혼이 정신적인 이상으로 생기는 환상이라고 생각하게 된다.

문제는 공포의 대상이 환상으로 이해되는 순간 공포의 강도도 줄어든다는 것이다.

이전에 박홍식 감독의 시나리오가 투자사나 배우들한테 생각보다 호평을 받지 못했던 이유도 바로 그런 지점 때문이었다.

태수는 그런 애매한 지점을 없애고 원혼을 민수뿐만 아니라 혜수도 목격하게 함으로써 확실하게 현실에서 위협적인 존재로 만들었다.

그렇게 바꾸자 배우들의 대사나 행동도 훨씬 명확해졌고 공포의 강도도 세졌다.

문제는 그렇게 바꿨을 때 방금 장웅인이 지적한 것 같은 의문이 남는다는 것.

민수뿐만 아니라 혜수까지도 원혼을 목격했다면 왜 아이들을 데리고 모텔을 떠나지 않는지에 대한 설득력 있는 논리가 필요했다.

태수가 그 부분을 차근차근 설명했다.

"전 그 지점이 〈모텔 파라다이스〉의 주제라고 생각해요. 이 영화가 무서우면서도 슬픈 이유가 그들이 모텔을 나가면 갈 곳이 없다는 거예요. 민수 일가족은 사채 빚을 져서 당장 거리에 나앉아야 할 상황이었는데, 우연히 이 모텔의 관리인을 찾는다는 공고를 본 거예요. 그러니까 민수는 냉혹한 현실로 가족을 데리고 나가는 것보다 차라리 원혼이 사는 모텔에 있는 게 더 낫다고 생각한 거죠."

"아, 그럴 수도 있겠네."

장웅인이 고개를 끄덕이고는 다시 물었다.

"그럼 혜수는? 혜수는 원혼의 존재를 알고 아이들을 데리고 모텔을 나가려고 했잖아."

"혜수의 경우엔 민수보다 훨씬 능동적인 캐릭터라고 생각했어요. 아무리 현실이 냉혹하더라도 회피하기보다는 적극적으로 부딪치면서 어떻게든 살아 보려고 버둥거리는 그런 캐릭터요. 그 과정에서 민수하고 충돌이 일어나고, 급기야 민수가 혜수를 공격하는 지경까지 이르게 되는 거죠."

장웅인의 얼굴에 잔잔한 미소가 번졌다.

"인물들의 내면에 여러 겹의 층이 있어서 입체적으로 느껴지는 게 정말 좋네. 공포 영화인데도 심리가 단순하지도 않고. 손예지가 왜 이 영화에 출연하려고 했는지 알 것 같아. 이 영화 놓쳤으면 평생 후회했을 거야. 장 작가는 소설도 잘 쓴다는 얘기 들었지만 정말 대단하네. 고마워, 장 작가, 이런 좋은 영화에 참여할 기회를 줘서."

태수가 쑥스럽게 웃으며 말했다.

"선배님이 민수 캐릭터 잘 살려 주세요. 그럼 돼요."

"그래, 내가 정말 최선을 다할게. 이 좋은 시나리오에 누가 되지 않도록. 가만, 내가 원래도 다크서클이 좀 있는 편이긴 한데 민수는 다크서클이 더 짙으면 훨씬 캐릭터에 맞지 않을까? 나중에 악령한테 씌워서 가족을 공격할 때도 더 공포스러워 보일 것 같고."

"와, 그거 괜찮겠네요! 공포 영화에서 인위적으로 어색한 분장하는 것보다 원혼과 접촉하면서 민수의 다크서클이 점점 짙어지는 식으로 표현을 하면 훨씬 무서울 것 같아요."

"그렇겠지? 오케이, 당장 박 감독하고 상의를 해 봐야겠네. 고마워."

요즘 매일매일 새로운 경험을 하고 있지만 오늘도 한 가지를 배웠다.

영화는 누구 혼자만의 작품이 아니라 영화에 참여한 모든 사람들의 뜨거운 열정과 땀이 한 방울씩 모여서 위대한 작품으로 탄생하게 된다는 것을.

❧

그린일보 문화부 기획 회의.

일명 '미친개'라는 별명으로 불리는 그린일보 황진욱 차장이 문화부 선임인 조인순 기자와 신입 기자 정소희를 향해 헤어드라이기를 뿜어내듯 고래고래 고함을 질러 댔다.

"야아아아! 내가 방금 국장한테 올라가서 얼마나 개박살 나고 내려왔는지 니들이 상상할 시간을 주겠어. 그다음엔 내가 니들한테 어떻게 할지도 상상할 시간을 줄게. 어떻게 된 놈의 신문이 내보낼 기사가 없어, 기사가!"

조인순이 억울하다는 듯 말했다.

"차장님, 우리가 노는 건 아니잖아요? 죽어라 뛰어다녀도 신문이 인지도가 없어서 인터뷰를 안 해 주는데, 어떡하라고요?"

"너 지금 내 성격 테스트하냐? 눈 그렇게 뜨지 마, 인상도 쓰지 말라고. 야! 너 아무것도 하지 마. 숨도 쉬지 말란 말야!"

조인순이 어이가 없다는 듯 한숨을 푹푹 내쉬더니 아예 의자를 돌려서 앉았다.

이번엔 정소희 차례.

소희는 입사한 지 갓 1년도 지나지 않은 신입 기자다.

"야, 정소희."

소희가 고개를 숙인 채 입술을 질끈 깨물고 대답했다.

"네, 차장님."

"얼굴 들고 대답해!"

소희가 얼굴을 들자 황 차장이 말했다.

"너 이명호 감독하고 중학교 동창이라며?"

"후우, 네."

"지금 이명호 감독 오래된 기억 찍는 거 알어, 몰라?"

"압니다."

"근데 왜 이러고 있어? 찾아가야 될 거 아냐? 찾아가서 밥을 같이 먹든, 미인계를 쓰든……."

조인순이 의자를 확 돌리더니 황 차장을 째려봤다. 황 차장이 찔끔하며 변명을 했다.

"아, 알았어. 그 말은 취소. 째려보지 마, 취소라고 했잖아. 콱, 그냥! 아무튼 정소희 너는 무슨 수를 써서라도 강동운 인터뷰 따와. 강동운 안 되면 이명호 감독 인터뷰라도 따

오라고. 그리고 손예지 이번에 공포 영화 출연하기로 한 거 알지? 손예지 인터뷰도 무조건 따 와야 돼. 알았어?"

조인순이 발끈해서 말했다.

"아니, 무슨 인터뷰 약속 잡아 준 것처럼 인터뷰 따 오라고 말만 하면 저절로 인터뷰가 되는 줄 알아요? 강동운이고 손예지고 가면 그린일보는 들어 본 적도 없다면서 매니저들이 문전박대한다고요. 그럴 거면 차장님이 직접 시범을 보여 주시든가."

"와, 이것들이 진짜. 야, 내가 니들 때는 민성기 인터뷰하려고 집 앞에서 이틀 동안 밤을 새운 사람이야. 어디 이것들이 그런 패기도 없이 기자질을 하려고 그래? 그리고 정소희 너는 이명호 감독하고 친하다며?"

"친한 건 아니고 그냥……."

"됐어, 알면 친한 거야. 거기 가면 강동운도 있고 또 얘기하다 보면 한 다리 건너서 손예지도 연결이 되게 돼 있어. 원래 감독하고 배우들은 다 그렇게 알고 지낸다고. 가서 말만 잘해도 떡이 떨어질 텐데 왜 사무실에서 비비적대고 난리냔 말야. 그렇잖아도 사무실 비좁아서 답답해 죽겠는데, 좀 나가, 나가서 뛰어다니라고!"

참다못한 소희가 주먹을 불끈 쥐고 자리에서 벌떡 일어나자 황 차장이 흠칫하며 뒤로 물러났다.

"너 왜, 왜 그러냐? 잘하면 사람 한 대 치겠다?"

"인터뷰 방향은…… 〈오래된 기억〉하고 〈모텔 파라다이스〉 대비시키는 걸로 가면 되죠?"

그제야 홍 차장의 입꼬리가 스윽 올라갔다.

"그렇지. 일단 두 영화가 올여름에 맞붙을 가능성이 높고, 모텔 파라다이스는 KU엔터에서 까였으니까 둘이 맞붙으면 재밌을 거 아냐? 물론 두 영화가 제작비 규모면에서 비교가 되지 않지만 모텔 파라다이스에 손예지가 붙으면서 관전 포인트가 생겼잖아."

소희가 찬바람을 일으키며 취재 가방을 챙겨서 사무실을 나갔다.

～⚛～

영화 〈오래된 기억〉 촬영 현장.

소희는 멀리서 명호가 강동운을 비롯한 스타 배우들을 조율하는 모습을 물끄러미 지켜봤다.

소희는 중학교 때부터 명호에 대한 감정이 호의적이진 않았다. 명호는 항상 말이 앞섰고 허영과 허세가 많았다.

소희는 오히려 명호와 정반대의 성격인 태수한테 더 호감이 있었다.

중학교 때까지만 해도 둘은 단짝 친구처럼 붙어 다녔지만 현재 둘의 위치는 비교하기 어려울 정도로 많은 격차가 났다.

중학교 때 명호는 영화감독이 꿈이었고 태수는 소설가가 꿈이었다. 당시엔 둘 다 소설을 주로 썼는데 글을 보면 성격이 그대로 드러났다.

명호는 늘 모호한 감정을 미사여구로 포장하는 걸 좋아했고 태수는 스토리 라인이 뚜렷하고 강렬한 이야기를 선호했다.

둘의 기본적인 성격을 생각하면 태수가 더 성공할 것 같았는데, 태수는 집안 환경이 좋지가 않아 꿈을 펼치지 못했다.

반면 명호는 외삼촌이 한강대학교 학과장인 한정호 교수였고 아버지는 서울중앙지검의 부장검사로, 그야말로 금수저를 입에 물고 태어났다.

지난번 동창 모임에서 만난 태수는 안타까울 정도로 많이 위축된 모습이었다. 반면 명호는 볼 때마다 승승장구하는 중이었고.

'알다가도 모를 일이야. 내가 볼 때는 쟤 영화 진짜 별거 없는데 왜 계속 기회를 잡는 거지? 언젠가는 분명히 한계가 올 텐데.'

생각에 빠져 있던 소희는 명호의 목소리에 퍼뜩 현실로 돌아왔다.

"소희야, 언제 왔어?"

"어, 명호야."

"야, 왔으면 왔다고 얘기를 해야지. 그랬으면 내가 더 일찍 끝내는 건데."

"무슨 소리야. 저런 명품 배우들 데려다 놓고 나 때문에 촬영 중단하면 안 되지."

"야, 여기선 감독이 왕이야. 강동운이건 조승수건 다 필요 없어. 그나저나 오늘 누구 인터뷰 시켜 줄까, 말만 해."

중학교 때나 지금이나 명호는 변한 게 없었다. 늘 허영과 허세가 몸에 배어 있었다.

"중간에 막 인터뷰해도 괜찮아?"

"내가 다른 매체는 전부 출입 금지시켰는데 너한텐 예외지, 하하."

명호의 이런 과한 친절이 소희에겐 오히려 부담이었다. 자신에게 어떤 감정을 품고 있는지 잘 알고 있기에.

"강동운 가능해?"

"강동운? 아, 어떡하냐? 강동운은 오늘 촬영 없는데? 조승수나 전지혜는 어때? 아니면 나는? 내 인터뷰는 필요 없어?"

황 차장이 명호의 인터뷰라도 따 오라고 했지만 명호는 추후 전화나 서면 인터뷰로 대체할 작정이었다. 보나 마나 인터뷰 핑계로 치근덕댈 게 뻔하니까.

"너 혹시 손예지하고도 인맥 있어?"

"손예지? 손예지 알지. 사실 이번에 손예지 캐스팅하려고 몇 번 만났거든. 왜, 손예지 인터뷰 필요해? 내가 연결

해 줄까?"

소희가 고개를 끄덕이며 말했다.

"그래 주면 고마울 것 같아."

명호가 입꼬리를 올리며 말했다.

"그럼 둘이 술 한잔하는 거다?"

프리 프로덕션이 거의 막바지로 가면서 크랭크인 날짜가 사흘 앞으로 다가왔다. 그동안 태수는 박흥식 감독 옆에 거의 붙어서 살다시피 했다.

박흥식 감독은 거의 모든 시간을 콘티 작업에 매달렸다. 시나리오가 수정되면서 콘티 작업을 다시 해야 하는 씬들이 많이 생겨났던 것이다.

콘티는 글로 된 시나리오를 영상으로 어떻게 표현할지 미리 그림으로 그려 보는 과정이다.

따라서 콘티를 보면 나중에 완성될 영화의 그림이 한눈에 보인다. 연출 공부를 하는 데 가장 도움이 되는 과정이기도 하고.

박흥식은 콘티 작가와 콘티 작업을 할 때 항상 태수를 불러서 함께 작업했다.

콘티 작업을 할 때 상황에 따라 시나리오를 수정해야 할 경우도 생기고 태수의 의견이 필요한 경우도 많았던 것이다.

대부분의 감독들이 독단적으로 작업을 하는 반면 박흥식은 늘 주위의 의견을 적극적으로 듣고 받아들이는 편이었다.

중견의 베테랑 감독이라면 모르지만 데뷔하는 신인 감독에겐 장점이었다. 물론 본인의 연출관이 확고한 경우를 전제로 하는 말이지만.

박흥식이 콘티 작업에 태수를 참여시키는 건 태수의 능력을 남다르게 평가했기 때문이다.

콘티 작가인 정인혜는 감독이 앵글과 구도를 말하면 태블릿을 이용해 거의 실시간으로 그림을 그려서 화면에 띄워 주는 놀라운 마법을 보여 줬다.

"장 작가, 여기 10씬에서 민수가 원혼과 처음 만나는 장면 말이야."

"네, 감독님."

10씬은 쉼터에서 가족들이 식사 기도를 하는 도중에 민수가 이상한 소리에 이끌려 지하실로 내려갔다가 그 원혼을 보는 장면이다.

민수는 컴컴한 지하실의 전등 스위치를 올리지만 불이 들어오지 않자 옆에 있던 손전등으로 이리저리 비추며 배전함을 찾는다.

그때 갑자기 눈앞에 원혼이 나타난다.

원혼은 태수가 퇴마를 했던 모텔 파라다이스에서 사람들

을 현혹시켜 죽음으로 몰아간 우물 속 사귀의 모습을 참고해서 글로 묘사를 했다.

언뜻 보면 노파의 모습인데 입에서 뱀처럼 긴 혀가 나와 날름거리고 움직일 땐 뱀처럼 기어 다니는 그런 형태로 묘사했다.

박홍식 감독은 물론이고 손예지나 투자사에서도 그런 원혼의 모습이 너무 무서웠다고 했다.

특히 엔딩에서 뱀처럼 혀를 날름거리며 모텔 복도의 벽을 타고 빠른 속도로 기어 오는 원혼의 모습은 너무 무서워서 제대로 연출만 된다면 한국 공포 영화의 명장면이 될 가능성이 높았다.

박홍식이 물었다.

"이 지점에서 원혼의 모습을 완전히 드러내기엔 타이밍이 너무 빠르지 않아?"

공포 영화에서 원혼은 마지막까지 최대한 정체를 숨겨야만 존재감과 공포를 유지할 수가 있다. 흔히 말하는 미지의 공포라는 감정이다.

태수는 정확한 컷의 연출을 알아보기 위해 환상 속 지하실 영상을 떠올렸다. 이미 몇 번 본 영상이지만 다시 봐도 무서운 장면이었다.

화르르르륵.

민수가 배전판을 찾기 위해 손전등을 이리저리 비춘다. 지하실의 칠흑 같은 어둠 속에서 손전등 불빛을 비출 때마다 뭔가가 튀어나올 것 같은 긴장감이 이어진다.

거기에 심장을 조이는 배경음의 효과도 상당히 좋고.

이리저리 비추는 손전등 불빛에 쾅! 하는 효과음과 함께 원혼이 나타나지만 놀란 민수의 손전등이 흔들리면서 모습이 순식간에 사라진다.

태수의 설명을 들은 박흥식이 턱을 괴고 중얼거렸다.

"손전등이 흔들려서 원혼이 살짝만 보였다가 사라진다? 그럴 수 있겠네. 우리가 어두운 데 들어가면 손전등을 한 군데만 계속 비추고 있는 게 아니니까. 이리저리 비추는데 뭔가가 휙 지나가는 느낌이라는 거지?"

정확하게 영상 속에서 봤던 그 느낌이었다.

"네, 맞아요. 그런 느낌이에요."

"오케이, 무슨 말인지 알겠다. 잠깐 쉬었다가 할까?"

회의실을 나오는데 휴대폰이 울렸다.

우우우웅.

휴대폰을 보니 손예지였다.

"네, 누나."

−뭐 하니?

"지금 감독님하고 콘티 짜고 있어요."

-후후, 나도 궁금하네. 잘돼 가?

"네. 촬영 들어가면 재미있을 것 같아요."

-나도 이번 작품은 마음껏 즐기면서 찍고 싶어.

"그렇게 될 거예요."

-참, 오늘 저녁에 시간 어떠니? 내가 맛있는 거 사 줄 테니까 저녁 같이 먹자. 내가 단골로 가는 파스타집이 있거든.

손예지가 저녁을 사 준다는데 어떻게든 시간을 내고 싶었다.

"전 무조건 오케이죠."

-그럼 내가 톡 보낼게. 음…… 만날 시간은…… 화보 촬영 끝나고 예정에 없던 인터뷰가 하나 생겼거든. 그거 짧게 끝내면…… 7시쯤 어떠니?

"좋아요, 누나. 7시요."

신사동 파스타 전문 레스토랑 6시 42분.

소희가 손예지를 기다리며 초조하게 시간을 봤다.

명호가 연결을 해 줘서 어렵게 잡은 약속인데, 약속 시간인 6시 40분에서 벌써 2분이나 지나가고 있었다.

손예지가 중요한 다른 약속이 있어서 7시까지만 인터뷰가 가능하다고 했던 걸 감안하면 인터뷰 시간이 턱없이 부족했다.

그렇다고 불평을 할 수도 없었다. 예정에도 없이 갑자기 약속을 잡아 달라고 명호한테 무리하게 부탁을 한 건 자신이니까.

소희는 짧은 시간에 최대한 효율적으로 질문하기 위해 인터뷰 용지를 읽고 또 읽으며 정리를 했다.

그런 소희의 등 뒤에서 손예지 특유의 맑은 음성이 들려왔다.

"제가 많이 늦었죠? 미안해요."

정말로 급하게 왔는지 손예지가 숨을 헐떡이며 자리에 앉았다.

"아니에요. 제가 더 죄송하죠. 갑자기 이렇게 인터뷰 부탁을 드려서. 안녕하세요, 그린일보 문화부 정소희 기자라고 합니다."

손예지가 받은 명함을 보면서 중얼거렸다.

"그린일보는 처음 들어 봐요."

어디를 가든 제일 먼저 듣는 얘기다.

"아, 예. 저희 신문이 생긴 지 얼마 안 돼서. 그럼 바로 인터뷰로 들어가도 될까요?"

워낙 시간이 촉박해서 마음이 너무 급했고 다른 얘기를 나눌 겨를이 없었다.

보통 이런 심층 인터뷰는 최소 30분 이상의 시간을 가지고 해야만 한다.

소희는 우선 요즘의 근황에 대해 물었고 손예지가 답변을 했다.

근황만 얘기했는데 이미 시간은 6시 53분을 넘어가고 있었다.

마음이 급해서 그런지 말이 점점 빨라졌다.

다음으로 어떻게 공포 영화에 출연할 결심을 했는지 물었다.

워낙 의외의 선택이라서 손예지 입장에서는 아마 똑같은 질문을 수 없이 받았을 테지만 인터뷰라는 게 원래 그런 것 아닌가.

같은 얘기를 앵무새처럼 반복하는 것.

물론 영향력 있는 매체들은 충분한 시간과 평소의 친분을 이용해서 색다른 얘기를 끄집어내기도 하지만.

손예지가 웃으며 대답했다.

"시나리오죠 뭐. 제가 요즘 계속 이미지를 소모하는 것 때문에 변신에 대한 고민이 많았거든요. 근데 그 시나리오가 딱 제 고민을 해결해 줄 수 있을 것 같았어요. 시나리오를 쓴 작가가 굉장히 젊은 친군데……."

손예지는 〈조용한 절규〉 뒤풀이에서 태수를 만나 시나리오를 전달받고 집으로 돌아와 캔 맥주와 육포를 뜯으며 밤을 새워 가며 시나리오 읽은 얘기를 재미있게 들려줬다.

아직 영화에 대한 본격적인 얘기는 시작도 하지 않았는데 시간은 이미 6시 59분을 향해 다가가고 있었다.

소희가 급하게 다음 질문을 하려는데 손예지가 입구 쪽을 향해 손을 들며 말했다.

"죄송한데 오늘은 여기까지만 할게요. 약속한 친구가 왔네요."

인터뷰는 여기까지만 하자는 손예지의 말에 소희는 기운이 쏙 빠졌다.

어떻게 잡은 인터뷰인데 본론은 들어가 보지도 못하고 끝이 났다.

이곳으로 올 때 황 차장한테 손예지와 인터뷰하기로 했다는 소리를 괜히 했다는 후회가 들었다. 보나 마나 근성이 어쩌고 하면서 잡아먹을 듯이 펄펄 뛸 게 분명하니까.

뒤쪽에서 남자 목소리가 들려왔다. 조금은 귀에 익은.

"누나, 잘 지내셨어요?"

"어, 태수야. 어서 와, 방금 인터뷰 끝났어."

소희는 뭔가에 홀린 것처럼 고개를 돌렸다.

태수라는 이름과 방금 들었던 익숙한 목소리가 조합이 되며 한 사람의 얼굴이 떠올랐던 것이다.

고개를 돌린 소희의 등 뒤에 분명 아는 얼굴이 서 있었다.

추레하고 자신감 없어 보이던 예전의 모습은 아니었지만 그 남자가 태수라는 건 장담할 수 있었다.

"어?"

소희의 입에서 놀람의 탄성이 흘러나왔다.

뭐라고 콕 집어서 얘기할 수는 없지만 태수가 어딘지 모르게 이전과 달라졌고 지금의 모습이 훨씬 멋있어 보이는 건 그저 기분 탓인 건가?

태수도 손예지 앞에 앉아 있는 소희를 보고는 눈을 부릅떴다.

둘이 동시에 서로를 가리키며 말했다.

"소희야."

"태수야."

손예지도 어리둥절한 표정으로 물었다.

"둘이…… 아는 사이야?"

태수는 손예지가 인터뷰하기로 약속한 기자가 소희일 줄은 꿈에도 알지 못했다.

물론 소희도 손예지가 약속이 있다는 상대가 태수일 줄은 상상도 하지 못했다. 더욱이 태수가 손예지와 이렇게 가까운 사이일 줄은.

태수로부터 두 사람이 중학교 동창이며 친한 사이였다는 얘기를 들은 손예지가 말했다.

"그럼 정소희 기자도 우리하고 같이 저녁 식사 하는 게 어때요? 태수 어떠니?"

"그렇게 해 주시면 저는 감사하죠."

"정 기자는요?"

소희는 그야말로 벌어진 입을 다물 줄을 몰랐다.

"전 뭐 그렇게 해 주시면…… 그냥 감동이죠."

"됐네요. 그럼 난 정 기자한테 태수 중학교 시절 얘기나 들어 볼까?"

손예지의 말에 태수가 기겁을 하며 손을 내저었다.

"제 중학교 시절은 암흑기라서 정말 모르시는 게 나아요."

소희가 물었다.

"근데 태수 넌 손예지 씨하고 어떻게 아는 사이야?"

손예지가 빙긋 웃으며 말했다.

"친한 친구라면서 몰랐어요? 태수가 〈모텔 파라다이스〉 시나리오도 썼고 이번 영화의 공동 제작자인데."

소희가 그야말로 기절할 것 같은 표정으로 물었다.

"태수가……? 태수야, 그게 정말이야?"

"응, 어떻게 하다 보니까 그렇게 됐어."

얼이 빠진 소희에게 태수는 간단하게 그동안의 일들을 설명했다.

얘기를 듣는 소희의 표정이 시시각각으로 변하는 걸 손예지는 즐거운 듯 지켜봤다.

손예지가 웃으며 물었다.

"정 기자는 태수가 그렇게 시나리오 잘 쓰는 거 몰랐어요?"

"네, 전혀요."

태수가 얼른 변명처럼 말했다.

"전 시나리오 쓴 거 한 번도 누구한테 보여 준 적이 없거 든요."

파스타와 스테이크, 레드와인을 곁들인 근사한 저녁 식사 와 더불어 소희는 여태껏 그 어떤 매체도 인터뷰하지 못한 손예지만의 숨어 있던 일상의 얘기들을 들을 수가 있었다.

일테면 그동안 이미지를 소비만 하면서 고민했던 일들이 라든가, 정말 좋아했던 할머니가 돌아가신 후 한동안 우울증 을 겪었던 일이라던가.

"자, 그럼 이 누님은 이만 빠져 줄 테니까 두 사람 따로 시 간 가져요."

손예지와 헤어진 후 태수는 소희와 함께 가로수길을 걸었 다.

소희는 아직도 믿어지지 않는지 계속 고개를 흔들며 말했 다.

"어떻게 이런 일이 있을 수가 있지? 너 진짜 너무했다. 장 르문학 공모대전에서 대상 수상한 얘기는 들었는데, 이런 엄 청난 일을 벌였을 줄은 진짜 상상도 못 했어."

"솔직히 나도 이렇게까지 일이 커질 줄은 몰랐어."

소희가 어이가 없다는 듯 피식피식 웃으며 말했다.

"나 있잖아, 낮에는 명호를 만났거든."

태수는 명호라는 소리에 살짝 피가 끓어오르는 기분을 느껐다.

"명호는 지금 〈오래된 기억〉 연출하고 있잖아."

"알고 있어."

"〈오래된 기억〉하고 〈모텔 파라다이스〉하고 나름 대결 구
도로 만들어 보려고 기획을 했는데, 어떻게 이런 일이 생길
수가 있냐고. 참, 명호도 모르지, 네가 〈모텔 파라다이스〉의
작가이자 공동 제작자라는 거?"

"응, 모를 거야."

"걔 아마 네 얘기 들으면 기절할걸. 옛날부터 너한테 이상
한 라이벌 의식 같은 거 있었잖아."

사실 명호가 자신에게 라이벌 의식을 느낄 일은 없다. 중
학교 때는 단짝으로 다녔지만 그동안 비교도 되지 않을 정도
로 둘 사이에 격차가 벌어졌으니까.

명호가 자신에게 라이벌 의식을 느낀다면 그 이유는 단 한
가지, 소희 때문일 것이다.

"나 앞으로 〈모텔 파라다이스〉 취재하러 가면 쫓아내지
않을 거야?"

"글쎄, 그건 감독님하고 대표님한테 물어봐야 할 것 같은
데? 가능하면 취재할 수 있도록 허락받아 볼게. 언제든지 연
락하고 와."

중학교 때 소희는 부반장이었고 집도 잘살았다. 학교 앞
분식집에서 소희한테 얻어먹은 라면하고 떡볶잇값만 해도

엄청날 것이다.

그런 소희에게 자신이 뭔가 해 줄 수 있다는 사실이 꿈만
같았다.

태수가 말했다.

"언제 기회 되면 명호하고 나하고 같이 인터뷰하면 재미있
을 것 같지 않아?"

"와, 진짜? 그래도 괜찮겠어?"

"응, 난 괜찮아. 명호만 괜찮다면."

거의 한 달 만에 다시 찾은 파라다이스 모텔.

태수는 새삼스러운 기분으로 그 음산한 건물을 올려다봤
다.

예전엔 그저 관찰자의 신분이었지만 이젠 마음가짐부터가
달랐다.

소희를 만나고 나니 영화를 잘 만들어야겠다는 마음이 훨
씬 절실해졌다.

명호의 〈오래된 기억〉과 맞대결을 펼칠 수도 있다는 생각
을 하면 더더욱 전투력이 불타올랐다.

지금까지는 불운한 환경 때문에 늘 명호에게 당하기만 했
지만 지금부터는 그 반대가 될 것이다.

파라다이스 모텔은 여전히 을씨년스럽고 황량하기 짝이 없었지만 예전의 음산하고 습한 기운은 더 이상 느껴지지 않았다.

그래도 태수는 혹시 몰라 주문을 읊었다.

'귀기탐색.'

화르르르륵.

허공이 흔들리며 지도가 나타났지만 영혼의 존재를 표시하는 붉은 점은 보이지 않았다.

모텔 앞마당으로 스태프들의 차량과 촬영 장비 들이 속속 도착했다.

"어이, 장 작가 왔어?"

돌아보니 노숙자 같은 허름한 옷을 입은 장응인이 웃으며 태수를 반겼다.

"어? 선배님 언제 오셨어요?"

"나야 일찌감치 왔지. 미리 현장 좀 둘러보고 분위기 좀 익히려고."

옷차림 때문인지 장응인의 얼굴이 이전보다 훨씬 꺼칠하고 몸무게도 빠져 보였다. 다크서클도 이전보다 훨씬 짙어진 것 같고.

"선배님, 혹시 몸이 안 좋으세요?"

"그렇게 보여? 하하, 그럼 성공이네. 일부러 몸 만든 거야. 한 일주일 동안 집 없는 사람처럼 찜질방하고 여인숙 전

전하면서 하루 한 끼만 먹으면서 생활했더니 이렇게 변하더라고.”

배우들이 작품을 위해서 일부러 살을 찌우거나 뺀다는 소리는 들었지만, 이 정도의 열정을 들이는 줄은 생각지도 못했다.

지금 눈앞에 있는 장웅인의 어두운 눈빛과 꺼칠한 얼굴은 시나리오 속 민수의 모습을 그대로 현실에 옮겨 놓은 것 같았다.

장웅인이 머리를 긁적이며 말했다.

“내가 그렇게 일주일을 노숙자처럼 전전하며 다니다가 여기 내려와서 이 모텔을 보니까, 민수가 왜 가족들을 데리고 원혼이 있는 이 모텔을 떠나지 않았는지 비로소 이해가 되는 거야.”

장웅인의 눈빛에선 이미 민수의 기운이 느껴졌다. 비록 대단한 스타는 아니지만 그는 진정으로 연기를 사랑하는 배우다.

“장 작가! 장 작가!”

박홍식이 태수를 부르며 카메라 감독과 함께 지하실로 내려가 보자는 신호를 보냈다.

태수도 지하실은 가장 먼저 확인해 보고 싶었다. 혹시라도 유골을 파낸 흔적이 남아 있거나 잡스러운 기운이 남아 있으면 안 되니까.

안으로 들어서자 다행히 지하실은 예전의 상태로 복원이 되어 있었고 딱히 다른 잡귀들의 기운도 느껴지지 않았다. 이젠 정말로 촬영만 잘하면 될 것 같다는 생각이 들었다.

지하실을 둘러보던 박홍식이 엄살을 부리듯 팔을 보여 주며 말했다.

"기분 탓인가? 여기 팔뚝에 닭살 돋는 거 봐."

카메라 감독도 일부러 분위기를 돋우며 말했다.

"이 영화 분명히 흥한다니까요. 공포 영화가 이거보다 좋은 징조가 어디 있겠습니까?"

밖에서 스태프들의 시끄러운 소리가 들려오자 박홍식이 빙긋 웃으며 말했다.

"손예지 씨 온 모양이네."

"자, 슛 들어갑니다. 카메라 롤!"

"씬 45−2에 1."

"스탠바이…… 레디 액션!"

모텔 2층 복도 씬.

민수와 혜수가 싸우는 장면이다.

원혼의 존재를 알아차린 혜수가 당장 여길 떠나야 한다고 설득하지만 민수는 자신은 여기서 지내겠다고 버티는 장면이다.

손예지가 아이들을 지키려는 엄마의 심정을 절절한 눈빛으로 표현했다.

"내가 분명히 봤단 말야. 어젯밤에 호빈이 방에서도 봤고 오늘 영신이 방에서도 봤단 말야. 여보, 우리 여기 있으면 안 돼. 당장 나가야 해."

장웅인도 손예지의 기세에 뒤지지 않았다. 아니, 오히려 더 절절한 혼신의 연기로 손예지를 압도하는 모습을 보였다.

만약 이 장면에서 민수가 혜수의 기세에 밀린다면 아이들이 위험에 빠져 있다는 걸 알면서도 세상 속으로 데리고 나가지 못하는 아버지의 심정은 설득력을 잃을 수밖에 없다.

더불어 민수는 바깥세상보다 이곳이 더 안전하다는 자신의 생각을 혜수가 아닌 관객에게 전달해야만 했다.

"보긴 뭘 봤다는 거야? 둘러봐 봐. 세상에 이곳보다 안전한 곳은 없어. 그렇게 소원하던 아이들 방도 생겼잖아. 대체 뭐가 불만이야?"

"당신 왜 모른 척해? 당신도 알고 있잖아, 여기 뭐가 있는지. 당신도 알고 있으면서 왜 모른 척하냐고. 좀 더 솔직해져 봐. 당신도 무섭잖아!"

장웅인의 옷자락을 움켜잡고 흔들어 대는 손예지의 눈빛에는 두려움과 당혹감이 동시에 묻어났다.

직전 열린 제작 회의에서 손예지는 이 씬에서 혜수의 심정을 이렇게 표현했다.

　-미지의 원혼에 대한 공포와 믿었던 남편에 대한 배신감
으로 혜수는 극도로 혼란스러운 심리에 빠지는 것 같아요.

　원래 시나리오에는 두 사람이 말싸움만 하도록 설정이 되
어 있었지만, 손예지는 장웅인의 옷깃을 붙잡고 흔들어서 그
절박한 느낌을 배가시켰다.
　민수의 태도가 갑자기 돌변하는 건 다음 장면.
　장웅인의 메소드 연기가 시작됐다.
　손예지가 옷자락을 흔드는 대로 가만히 흔들리던 장웅인
이 음산한 미소를 지으면서 속삭인다.
　"그래서…… 당신은 뭘 봤는데?"
　얼굴을 점점 손예지에게 들이대면서 광기로 번들거리는
장웅인의 눈빛은 연기라는 걸 알면서도 온몸에 소름이 돋을
정도로 오싹한 기운을 몰고 왔다.
　"귀신? 귀신이 그렇게 무서워? 귀신이 뭐가 무서워? 진짜
무서운 건 귀신이 아니라 저 바깥에 있는 세상이야! 난 귀신
따위는 무섭지가 않아! 내가 무서운 건 저 바깥에 있는 끔찍
한 세상이라고, 저 지랄 맞을 세상 말이야! 크크크큭."
　장웅인의 처절한 외침과 음산한 웃음이 텅 빈 복도를 울리
는 순간 그 누구도 숨을 내쉴 수가 없었다.

눈앞에서 그 엄청난 에너지를 고스란히 받아야 했던 손예지의 두 눈에 저절로 눈물이 배어 나왔다.

손예지가 손으로 입을 가리며 뒤로 주춤거리고 물러나다가 그 자리에 풀썩 주저앉았다.

그 동작은 시나리오에도 없던 동작으로, 애드리브인지 정말 다리에 힘이 풀려 주저앉은 건지는 당장은 알 수가 없었다.

태수는 현장에서 느껴지는 감정의 파고가 너무나 커서 감정을 주체하기 힘들 정도였다. 저도 모르게 몸이 떨려 왔고 울음 비슷한 소리가 밖으로 스며 나오려고 목구멍 아래에서 아우성을 쳤다.

납덩이같은 무거운 정적이 복도를 짓누르기를 10여 초.

마침내 박흥식 감독의 외침이 복도를 울렸다.

"컷! 오케이!"

45씬의 촬영이 끝나자마자 손예지는 탈진한 사람처럼 바닥에 주저앉아 혼자 일어나지도 못했다.

"예지야, 괜찮니? 고생했어."

장웅인이 걱정스러운 얼굴로 말하며 부축을 하자 간신히 자리에서 일어날 수가 있었다.

손예지도 장웅인을 보고 흐릿하게 웃으며 말했다.

"선배, 정말 굉장했어요. 어디서 그런 에너지가 나와요?"

"아냐, 난 내가 너무 오버한 게 아닌지 걱정이 되는데?"

두 사람을 지켜보던 박홍식이 말했다.

"선배님, 오버 안 하셨어요. 너무 좋았어요. 확인해 보세요."

모니터용 화면을 통해 자신의 연기를 지켜보던 장웅인의 눈가에 설핏 물기가 비쳤다.

장웅인이 물기가 맺힌 눈으로 씩 웃으며 말했다.

"박 감독, 그래, 이런 연기를 하고 싶었어. 고단하고 힘겨운 삶을 살아가는 서민들의 마음을 두드릴 수 있는 이런 진솔한 연기 말이야. 모텔 파라다이스의 민수 만나려고…… 나, 너무 오랫동안 기다렸나 봐. 하하하."

장웅인이 눈물이 밴 눈으로 특유의 웃음을 터뜨리는 순간 감독은 물론이고 모든 스태프들이 한마음으로 예감할 수 있었다.

이 영화는 된다.

아니, 될 수밖에 없다.

장웅인은 민수 역으로 자신을 캐스팅한 게 결코 잘못된 선택이 아니라는 걸 연기로 보여 주고 있었다.

장웅인이 고개를 돌려서 땀을 닦는 것처럼 손등으로 눈시울을 훔치며 말했다.

"젠장. 이제 한 씬 찍어 놓고 너무 오버한다, 그치? 자 자, 다음 씬 갑시다."

그런 장웅인을 바라보는 태수의 심장에서도 진한 감동의

여운이 쉽게 사라지지 않았다.

이번에 한 가지 깨달은 사실이 있다.

이번 씬의 촬영분은 자신이 환상 속에서 본 영상과 확실히 달랐다는 것.

더불어 환상 속에서 보는 미래의 영상은 절대적인 게 아니라 과거에 의해 언제든 달라질 수 있다는 사실이다.

이후의 촬영은 순조롭고 빠르게 진행됐다.

이번 재촬영의 총 회차 수는 21회 차.

회차가 많이 줄어든 이유는 예전에 찍어 둔 분량이 빠진 탓도 있지만 촬영 장소가 파라다이스 모텔 한 군데이기 때문에 이동 시간이나 장비 세팅 시간을 최소화할 수가 있었기 때문이다.

어느덧 촬영을 시작한 지 보름이 지났고 그사이 13회 차의 분량을 찍었다. 중간에 휴식일 사흘을 제외하면 거의 매일 강행군을 한 셈.

하지만 배우든 스태프든 누구하나 불평을 말하는 사람은 없었다.

이번 영화는 불공정하던 기존 영화 계약서가 아닌 표준 계약서로 계약을 한 데다 흥행을 할 경우 모든 스태프들에게 인센티브를 나눠 준다는 파격적인 조항을 계약서에 넣었기에 스태프들은 더더욱 최선을 다했다.

거기에 탄탄한 시나리오와 배우들의 몸을 사리지 않는 혼신의 연기가 매순간 감탄을 자아내며 현장의 분위기를 뜨겁게 달궜다.

오늘 촬영할 분량은 태수가 시나리오를 새롭게 수정하면서 추가로 들어간 씬이다.

혜수가 아이들을 지키기 위해 1층 쉼터에 십자가를 매달려고 하는데, 원혼의 지배를 받게 된 민수가 방해를 하는 장면.

이 씬에서 혜수는 아이들을 지키기 위해 원혼에게 지배당하는 민수와 맞서야만 한다.

첫날 촬영한 복도에서의 45씬 이후 민수와 혜수의 감정이 다시 한번 극한으로 치달아 충돌할 예정.

원혼에게 영적인 지배를 받는 장웅인이 십자가의 힘에 밀려 뒤로 날아가는 와이어 연기까지 펼쳐야만 하는 위험한 장면이라 장비 세팅에도 많은 시간이 걸렸다.

스태프들이 장비를 설치하는 동안 손예지는 쉼터 의자에 혼자 앉아 대본에 빠져 있었다.

손예지의 경우 그동안 한 번도 해 보지 않은 극한의 공포 연기를 펼쳐야 하기에 촬영 전부터 감정을 잡느라 신경이 극도로 예민해져 있었다.

태수가 그런 손예지를 가만히 지켜보고 있자니 온몸이 으실거리며 추운 기운이 몰려왔다. 더불어 태수는 따스한 차 한 잔을 마셨으면 좋겠다는 손예지의 기분까지 느낄 수가 있었다.

칠성의 '능'이 내린 힘을 얻은 후부터 태수에게 새롭게 발현된 능력이다.

사실 능력이라고 하긴 좀 애매하지만 사람의 느낌이나 감정을 읽을 수 있게 된 것이다.

구체적인 생각을 읽는 게 아니라 희로애락이나 춥거나 더운, 혹은 아픈 느낌이나 감정을 감지할 수 있는 능력이다.

귀기를 사용할 필요도 없이 누군가를 가만히 지켜보기만 하면 그 사람의 감정이나 느낌이 가만히 전해지는 것이다.

바로 지금처럼 말이다.

태수가 쉼터 의자에 앉아 대본을 보는 손예지에게 따스한 녹차를 건넸다.

"누나, 이거 좀 드세요."

손예지가 워낙 예민하게 대본에 몰두하고 있어서 코디인 혜영마저도 방해가 될까 봐 말을 걸 엄두를 못 내는데 태수가 불쑥 다가가서 녹차를 건넨 것이다.

고개를 든 손예지가 녹차를 보고는 기다렸다는 듯 양손으로 컵을 감싸 안았다.

손예지가 김이 모락모락 올라오는 따스한 녹차 향을 맡고는 말했다.

"너 어떻게 알았어, 내가 따스한 차 마시고 싶다는 거?"

"누구나 잔뜩 긴장하고 있을 때 따스한 차를 마시면 마음도 풀어지고 기분이 좋아지잖아요."

손예지가 '달님 미소'를 지으며 말했다.

"넌 남자애가 너무 센스가 좋다."

태수가 히죽 웃고 돌아가서 이번에는 장웅인을 찾았다.

장웅인은 다른 사람들하고는 눈도 마주치지 않은 채 복도 구석에서 혼자 대사를 읊고 있었다.

장웅인한테서 느껴지는 감정은 황폐함.

아마도 민수에게 감정이입해서 그런 것 같았다. 세상과 단절된 채 자신의 내면에만 갇혀 있는 민수의 감정에 고스란히 빠져 있는 것이다.

이런 경우에는 방해하지 않는 게 상책.

이번 씬은 감정의 소모가 많은 장면이라 가능한 마스터 샷이 한 번에 오케이가 나오게 하는 게 최선.

여기저기서 스태프들의 힘찬 목소리가 들려왔다.

"슛 들어갑니다!"

스태프들의 외침에 장웅인이 쉼터로 들어가서 카메라 앞에 섰다.

손예지는 어느새 손에 못과 망치를 들고 서서 망치로 못을 박는 동작을 연상하고 있었다.

"카메라 롤!"

"씬 51-3에 1."

"스탠바이…… 레디 액션!"

손예지가 쉼터의 의자를 끌어다가 올라서서 망치를 들고 벽에 못을 박기 시작했다.

쾅쾅쾅쾅!

장웅인이 물었다.

"지금 뭐 하는 거야?"

못을 다 박은 손예지가 대답도 없이 쉼터 테이블 위에 놓여 있던 십자가를 집어 들었다.

손예지가 십자가를 들고 다시 의자로 올라가려는 순간, 장웅인이 손목을 낚아채고는 버럭 소리를 질렀다.

"지금 뭐 하는 거냐고 묻잖아!"

"보면 몰라? 주님이 우리 애들 지켜 줄 거야. 이거 놔!"

손예지가 손을 뿌리치고 다시 의자로 올라가려는데 장웅인이 소리친다.

"좋게 말할 때 그거 내려놔!"

"뭐라고?"

돌변한 민수의 태도에 혜수의 미간이 좁혀졌다.

민수가 더욱 위협적인 표정으로 으르렁거렸다.

"그거 내려놓으라고!"

다크서클이 이전보다 훨씬 짙어져 음침한 분위기를 자아내는 민수의 눈빛이, 무슨 일이라도 저지를 사람처럼 무시무시하게 혜수를 노려봤다.

혜수가 십자가를 품에 안으며 민수를 의심스러운 눈빛으로 보며 말했다.

"당신 왜 이러는 거야? 이거 십자가잖아. 주님이 우릴 지켜 주실 거야."

장웅인이 경멸하는 것 같은 차가운 표정으로 대사를 내뱉었다.

"주님 따위는 없어. 아무도 우리 가족을 지켜 주지 않아. 이제 그만하자, 세상이 우릴 버린 거야. 그러니까 그거 이리 내놔!"

와이어 팀이 잔뜩 몸을 도사린 채 숨을 죽이고 다음 장면을 기다렸다.

장웅인이 다가서며 손을 뻗는 순간, 손예지가 십자가를 앞으로 뻗으며 소리친다.

"저리 가!"

"으악!"

장웅인이 얼굴을 가리는 순간 와이어 팀이 와이어를 당기며 장웅인의 몸이 뒤로 확 끌려갔다.

나중에 영화에서는 십자가의 영력으로 인해 뒤로 날아가는 민수와 민수의 등에 달라붙어 있던 원혼의 모습이 CG 작업을 통해 표현될 예정이다.

와이어를 너무 강하게 당기면서 허공으로 떠올랐던 장웅

인이 바닥에 깔려 있던 매트리스 밖으로 떨어졌다.

"선배님, 괜찮으세요?"

손예지가 제일 먼저 달려가 장웅인의 상태를 살폈다.

장웅인은 바닥에 엎드려서 어깨를 움켜쥔 채 한동안 일어나질 못했다.

태수도 달려가서 장웅인의 상태를 살폈다.

장웅인을 가만히 지켜보자니 그의 고통이 고스란히 태수에게 전해졌다. 고통의 강도는 상상을 초월했다. 간접적으로 느끼는 고통인데 저절로 입이 벌어질 정도였다.

모든 스태프들이 웅성거리며 걱정스럽게 장웅인을 내려다봤다.

박홍식이 소리쳤다.

"뭐 해, 어서 119에 연락하지 않고! 오늘 촬영은 여기까지!"

그때 장웅인이 몸을 일으키며 특유의 털털한 목소리로 말했다.

"에에에, 됐어요. 이 정도로 119는 무슨. 이제 괜찮아요. 다음 씬 갑시다."

손예지가 걱정스럽게 물었다.

"선배, 정말 괜찮아요? 아까 보니까 세게 부딪친 것 같던데?"

"보기에만 그래. 아무렇지도 않아. 박 감독, 이번 테이크

NG 아냐? 한 번 더 가야 하지?"

잔뜩 인상을 찌푸린 채 걱정스럽게 바라보던 박홍식이 황급히 손을 내저었다.

"아닙니다, 선배님. 오케이예요. 그림은 더할 나위 없이 잘 나왔어요. 한번 보세요."

모니터 화면으로 장웅인의 연기를 보니 뒤로 날아가는 순간에도 공포에 질린 표정이 생생하게 살아 있었다. 등에 매달린 원혼을 CG로 넣기만 하면 아주 좋은 그림이 될 것 같았다.

장웅인이 그제야 활짝 웃으며 말했다.

"아이고, 다행이네. 난 또 NG 난 줄 알고 걱정했는데."

박홍식이 걱정스럽게 물었다.

"선배님, 정말 괜찮은 거예요?"

"진짜 괜찮다니까. 시간도 없는데 어서 다음 테이크 갑시다."

장웅인이 다음 연기를 위해 쓰러졌던 자리로 다시 걸어갔다.

그런 장웅인의 뒷모습을 지켜보던 태수가 저도 모르게 침음을 흘리며 왼쪽 어깨를 부여잡았다. 장웅인의 어깨에 여전히 엄청난 통증이 남아 있었던 것이다.

장웅인은 통증을 참고 연기를 강행하려는 것이고.

촬영을 중단해야 할 것 같은데 장웅인이 말을 들을 것 같

지도 않고 저토록 연기를 하고 싶어 하는데 막는 게 최선인
지도 모르겠다.

'대체 웅인 선배는 무슨 생각으로 저러는 거야?'

태수가 장웅인의 생각을 읽기 위해 영능력을 사용했다.

'사이코메트리.'

화르르르륵.

장웅인의 속마음이 태수의 머릿속에서 들려왔다.

─웅인아, 이 정도 아픔으로 무너지면 너 하나 때문에 이
곳에 모여 있는 이 많은 스태프들이 일을 못 하게 되는 거야.
그렇잖아도 예산이 적은 영화인데 너로 인해 촬영이 지연되
고 피해를 입게 할 수는 없어. 배우로서 존재감을 잃어 가던
널 믿고 캐스팅해 준 장 작가와 박 감독한테 그들의 선택이
틀리지 않았다는 걸 보여 줘야지. 자, 네가 가장 잘하는 걸
보여 줘. 웃어, 어떤 경우에도 웃는 거야.

평소 얼굴 마주치면 늘 마음씨 좋은 사람처럼 허허거리며
웃기만 하던 장웅인 배우다. 그런 그의 웃는 얼굴 이면에 저
토록 큰 부담감과 책임감이 자리하고 있을 줄은 미처 상상하
지 못했다.

그렇다고 장웅인을 절대 저런 상태로 계속 연기를 하게 내
버려 둘 수는 없었다.

태수가 박흥식에게 말했다.

"감독님, 잠시만 장웅인 선배하고 얘기를 나눠도 될까요?"

"어, 그렇게 해."

박흥식도 장웅인이 바로 연기하기엔 무리라고 생각한 모양.

태수가 매트리스가 깔려 있는 바닥에 주저앉아 있는 장웅인에게 다가갔다.

태수가 옆에 주저앉자 장웅인이 의아한 표정으로 돌아봤다.

"장 작가, 무슨 일인데?"

태수가 씩 웃으며 말했다.

"선배님, 제가 예전에 물리치료를 좀 배운 적이 있거든요."

"물리치료?"

"네, 제가 조금만 만져도 통증이 가라앉도록 하는 치료법을 알고 있으니까 반듯하게 한번 누워 보세요."

"아, 아냐. 물리치료는 무슨. 난 괜찮……."

태수가 왼쪽 어깨를 붙잡는 순간 장웅인의 입에서 침음이 흘러나왔다.

"으으으."

"선배님, 아무리 연기가 소중해도 배우는 몸이 재산이에요. 몸을 아끼셔야죠."

장웅인이 비로소 통증에 인상을 찡그리며 말했다.

"장 작가가 어떻게 알았어?"

"다 알 수 있는 방법이 있죠. 일단 누워서 눈을 감으세요."

장웅인이 누워서 눈을 감자 태수가 왼쪽 어깨에 손을 올리고 '능'의 주문을 읊었다.

허공이 흔들리며 메시지가 나타났다.

제1성인 탐랑성의 생기탐랑의 능이 작동합니다.

화르르르륵.

장웅인의 어깨를 잡고 있는 태수의 손에 푸르스름한 기운이 서리기 시작했다. 그 푸른 기운이 태수의 손에서 장웅인의 왼쪽 어깨로 옮아가더니 드넓게 퍼지기 시작했다.

생기탐랑의 능은 마음의 상처나 큰 부상이 아닌 물리적인 통증을 줄여 주는 효과가 있는 능이다.

"어떠세요, 선배님?"

태수의 목소리에 눈을 뜬 장웅인이 어깨를 만져 보더니 눈이 휘둥그레졌다.

"어? 뭐야? 이게 어떻게 된 거지? 정말 아프지가 않아."

주위에서 지켜보던 스태프들도 일제히 '오!' 하는 감탄사를 내질렀다.

"거봐요."

태수가 씩 웃고는 박홍식을 돌아보고 소리쳤다.

"감독님, 이제 슛 들어가도 돼요!"

～～

"카메라 롤!"

"씬 51-4에 1."

"스탠바이…… 레디 액션!"

쓰러져 있던 민수가 벌떡 일어나더니 십자가를 들고 있는 혜수를 향해 다가갔다.

이제 혜수의 눈에는 민수의 등에 업혀 있는 원혼의 모습이 보인다.

물론 원혼의 모습은 추후 CG로 들어갈 예정. 지금은 손예지가 민수의 등에 업힌 원혼의 모습을 스스로 상상하면서 연기해야 한다.

혜수가 십자가를 다시 앞으로 뻗으며 소리친다.

"다가오지 마!"

민수가 음산하게 웃더니 쉼터 테이블에 놓여 있던 망치를 집어 든다.

공포 영화에서 가장 힘든 연기가 눈빛 연기다. 대사 없이 눈빛만으로 배우가 느끼는 공포의 감정을 관객에게 고스란히 전달해야 하니까.

십자가를 들고 있는 손예지의 동공이 크게 부풀어 올랐고 눈빛이 파르르 떨렸다. 보고 있으면 정말로 눈빛이 출렁인다는 말이 실감날 정도로 손예지가 혼신을 다한 연기를 펼치고 있었다.

그 눈빛 속에는 혼란이 가득하다.

지금 자신의 눈앞에 있는 사람이 지금까지 믿고 살아온 남편인지 아니면 다른 그 무엇인지.

망치를 든 민수가 앞으로 다가서면 혜수가 다시 한번 십자가를 내밀며 소리친다.

"저리 가!"

"으아아악!"

민수가 손을 들어 눈을 가리고 고통의 괴성을 지르지만 이전처럼 뒤로 날아가는 일은 없다.

민수가 손으로 얼굴을 가린 채 망치를 들고 다가서며 원혼의 목소리로 으르렁거린다.

"개 같은 년, 내가 그거 내려놓으라고 했지? 네년의 머리를 부숴서 가루로 만들어 버릴 테다."

십자가를 들고 있는 혜수의 손이 가엾을 정도로 바들바들 떨렸다.

"제발…… 영신 아빠…… 흐흐흑…… 이러지 마…… 흐흐흑…… 나한테 왜 이러는 거야?"

혜수가 흐느끼며 애원에 가까운 대사를 던지자 기세가 오른 원혼이 민수의 입을 빌려 말한다.

"크크크크, 어리석은 년! 네년뿐만 아니라 네년의 자식새끼들까지도 이 망치로 내리쳐서 산산이 부숴 버릴 것이다!"

그러자 다음 순간 손예지의 연기력이 빛을 발했다.

공포를 마주한 그 순간 감정의 톤을 바꿔서 돌변하는 연기는 아무나 할 수 있는 게 아니다. 손예지는 그야말로 팔색조 같은 연기를 선보였다.

원혼이 아이들을 들먹이는 순간, 직전까지 애원하며 울먹이던 혜수의 눈빛이 거짓말처럼 변한 것이다.

두려움이 가득하던 혜수의 얼굴에 비장한 웃음이 떠올랐다 사라졌다.

이어진 대사에서 두려움의 기색은 찾아볼 수 없었다.

목소리 톤도 달라졌다.

"하아, 우리 애들을 어떻게 하겠다고?"

고개를 흔드는 손예지의 눈빛에서 광채가 뿜어져 나오는 것 같은 착각을 할 정도였다.

"넌 날 몰라. 내가 우리 애들을 어떻게 키워 왔는지 넌 상상도 못 할 거야. 내가 지금까지 우리 가정을 지키기 위해 어떻게 살아왔는지 안다면 넌 나한테 이럴 수가 없어! 그러니까…… 까불지 말란 말야! 난 절대로 너한테 지지 않아! 으아아아!"

여태껏 한 번도 본 적이 없는 손예지의 울부짖는 연기가 촬영장의 공기마저도 얼어붙게 만들었다.

혜수가 토해 낸 대사는 언뜻 원혼에게 한 것처럼 들리지만 실은 민수를 향한 외침이었다.

연기 분석을 할 때 손예지는 그런 태수의 의도를 정확하게 알아차렸다.

그 작은 차이가 전혀 다른 감정선을 만들어 낸다.

혜수는 민수를 향해 외쳤다. 그 외침은 민수에게 원혼의 지배에서 벗어나 눈을 뜨라는 혜수의 간절한 부름이었다.

그런 혜수의 울부짖음에 어떤 자극을 받은 민수가 망치를 든 손을 부들부들 떨었다.

장웅인은 원혼의 지배에서 벗어나기 위해 자신과의 싸움을 벌이는 민수의 심정을 표현하기 위해 몸을 부들부들 떨면서 동공이 위로 말려 올라가게 만들었다.

하지만 원혼의 힘을 이기지 못하고 망치를 치켜들며 다가서는 민수.

십자가 하나에 의지하며 울부짖는 혜수.

그때 방문을 열고 울면서 달려 나오는 아이들. 영신과 호빈이다.

"아빠, 그러지 마…… 엄마 죽이지 마……."

"얘들아, 안 돼!"

겁에 질려 우는 아이들을 끌어안아 자신의 뒤로 숨긴 손예지의 연기 톤이 다시 한번 변신한다. 방금 전까지 눈에서 광채를 뿜으며 저항하던 혜수가 눈물을 글썽이며 간절한 눈빛으로 민수에게 호소했다.

"영신 아빠…… 영신이, 호빈이…… 우리 아이들…… 기억하지? 잊어버린 거 아니지? 지하 단칸방에서 쫓겨날 때…… 당신이 그랬잖아…… 걱정하지 말라고, 무서워하지 말고. 어떤 일이 있어도 당신이…… 우릴 지키겠다고…… 아빠를 믿으라고 했던 거…… 기억하지? 그런 건 잊어버릴 수가 없는 거잖아. 흐흐흐흑."

오열하는 손예지의 울음소리가 절절하게 심금을 울리며 민수를 일깨웠다.

거기에 아이들의 연기가 더해졌다.

"아빠, 돌아와…… 우리한텐 아빠가 필요해…… 돈 못 벌어도 괜찮아…… 아빠……."

고통스러운 듯 부들부들 몸을 떠는 민수의 입에서 울음에 가까운 침음이 흘러나왔다.

입에서 침이 흘러내리고 마치 원혼의 속삭임을 듣지 않으려는 듯 고개가 좌우로 마구 돌아갔다.

"시, 싫어…… 아냐…… 저리 가…… 나, 나는…… 아…… 아빠야……."

순간 몸의 떨림이 멎은 민수의 얼굴이 정상으로 돌아왔다.

민수가 눈물을 흘리며 혜수와 아이들을 향해 씽긋 웃더니

다음 순간 들고 있던 망치로 자신의 머리를 내리쳤다.

흐느적거리며 쓰러지는 민수를 향해 달려 나가는 혜수와 아이들.

"여보!"

"아빠, 죽지 마…… 아빠……."

혜수와 아이들이 쓰러진 채 웃고 있는 민수를 붙들고 오열했다.

그 모습을 지켜보는 몇몇 스태프들도 소리 없이 눈물을 훔쳤다.

박홍식 감독도 붉게 상기된 두 눈으로 모니터 화면을 지켜보다가 가까스로 말했다.

"……컷, 오케이……."

새벽 2시 20분.

모든 스태프들이 피로에 지쳐 곯아떨어진 시각.

태수는 커피를 홀짝이며 벤치에 앉아 색이 바랜 파라다이스 모텔을 올려다보며 몇 시간 전 배우들이 열연을 펼쳤던 장면을 음미하고 있었다.

잠을 잘 시간이었지만 도무지 잠이 오지 않았다. 아직까지도 손예지의 울부짖음과 그 절절한 대사들이 온몸에 각인된 것처럼 머릿속을 떠나지 않았던 것이다.

자신이 지금까지 영화와 배우라는 직업에 대해 갖고 있던 생각들이 얼마나 얄팍한 선입견으로 가득한 허영에 불과했는지 태수는 오늘에서야 절실히 깨달을 수가 있었다.

스태프들은 제작비 절감 차원에서 파라다이스 모텔을 숙소로 사용했다.

건물이 낡긴 했지만 약간의 보수만으로도 숙소로 사용하는 데는 손색이 없었다.

내일은 촬영이 없는 날이라 손예지와 아역들까지 모두 서울로 올라갔다.

오직 한 사람, 장웅인만 스태프들과 함께 숙소에서 묵겠다며 따로 남았다.

그 장웅인이 모텔을 나와서 혼자 마당을 거니는 모습이 태수의 시야에 들어왔다.

"선배님."

태수의 부름에 장웅인이 고개를 돌렸다.

"어? 장 작가, 자지 않고 여긴 왜 나와 있어?"

"잠이 오질 않아서요. 선배님은요?"

"어, 나도 그래. 감정 선이 굵은 연기를 한 날은 유독 잠이 잘 오지 않더라고."

하긴 지켜보는 사람도 쉽게 여운이 가시질 않는데 직접 연기를 한 사람이야 오죽할까.

"선배님 덕분에 정말 많이 배웠습니다. 영화에 대해서, 또 연기에 대해서요. 고맙습니다."

장웅인이 황급히 손을 내저으며 말했다.

"에헤, 장 작가, 무슨 소리야? 진짜 고마운 사람은 나야. 아무리 좋은 연기를 하고 싶어도 좋은 시나리오가 없으면 불가능하지."

어쩌다 보니 서로 주거니 받거니 띄워 주는 분위기.

태수가 진심을 담아서 말했다.

"솔직히 선배님 같은 분이 마음껏 연기를 펼칠 수 있는 기회가 부족하다는 게 너무 안타깝네요."

장웅인이 쑥스러운 듯 특유의 너털웃음을 지으며 말했다.

"헤헤헤, 아니야. 지금 돌아보면 내가 절실함이 부족했던 거야. 흔히 말하는 주연급 조연이라는 이미지에 갇혀서 적당히 안주했던 거지. 요즘 들어 불러 주는 사람도 없고 사람들한테 잊히고 있다는 생각이 드니까 여태 내가 뭐 했나 싶더라고. 배우는 잊히는 게 제일 무섭거든."

장웅인이 회한이 서린 한숨을 깊게 내쉬고는 말을 이어 갔다.

"지금은 다른 생각 없어. 더 늦기 전에 대중이 오랫동안 날 기억할 수 있는 작품을 남겨야겠다는 마음뿐이야. 분량이 많든 적든 상관없이."

무슨 말인지 알 것 같았다.

그런 마음이 있었기에 박홍식 감독의 독립 영화 〈새벽달〉에서 단역인 노숙자 역할도 마다하지 않고 새벽같이 나와서 연기를 했을 것이다.

"어깨는 이제 괜찮으세요?"

장웅인이 팔을 휘휘 돌려 보이며 말했다.

"봐, 끄떡없지? 정말 신기해. 장 작가가 한번 주물렀을 뿐인데. 아무래도 장 작가 손이 약손인가 봐, 하하."

"다행이네요. 저는 내일 서울 올라가요."

"그래. 어차피 내일은 촬영도 없는데 여기 뭐 하러 남아 있어? 내가 장 작가 나이 때는 하루가 멀다 하고 여자 꽁무니 쫓아다니기 바빴는데."

태수가 웃고는 말했다.

"아뇨, 당분간은 촬영장에 못 들를 것 같아요. 제가 대학을 늦게 들어갔다가 휴학했는데, 이제 복학할 때가 됐거든요."

"아, 정말? 어디 연영과?"

"아뇨, 문창과요."

"문창과. 문창과도 좋지."

장웅인은 자신이 연영과 다니던 학창 시절 얘기를 들려줬다. 재미있는 얘기도 많았지만 겉으로 보이는 배우 장웅인이 아닌 인간 장웅인을 알 수 있는 진솔한 얘기들이었다.

태수는 날이 밝아 오는 줄도 모르고 장웅인과 삶에 대해 그리고 영화에 대해 얘기꽃을 피웠다.

늘 화면으로만 보던 좋아하는 배우와의 그런 특별한 시간
은 오랫동안 기억에 남을 것 같았다.

다음 날.

태수는 현장을 떠나기 전 조진호 대표와 박흥식 감독에게
작별 인사를 했다.

작별이라고 해 봤자 촬영이 끝날 때까지 2주 남짓에 불과
하다. 촬영이 끝나면 어차피 편집과 녹음 등의 후반 작업을
서울로 올라와서 해야만 하니까.

박흥식이 작별이 아쉬운 듯 말했다.

"와…… 장 작가가 아직 대학생이라니까 왜 이렇게 어색하
지?"

"사실은 저도 대학생으로 돌아간다는 게 아직 실감이 나지
않아요."

"그래, 복학하면 뭐 할 거야? 당연히 영화를 하겠지만."

"제가 만든 영화 동아리가 있거든요. 거기 멤버들하고 공
포 단편영화를 만들면서 연출력을 키워 보려고요."

박흥식이 고개를 끄덕이며 말했다.

"괜찮은 생각이네. 연출력 기르는 데 공포 단편영화만큼
좋은 게 없지. 세계적인 명감독들도 처음에 공포 영화로 시
작한 감독들이 정말 많거든."

"네. 공포 단편영화를 꾸준히 만들어서 제임스 완 감독처

럼 공포 영화 하나로 세계적인 명감독이 되고 싶은 욕심도 있어요."

"그럼 단편만 만들 거야?"

"아뇨, 단편으로 연출에 대한 감을 좀 잡으면 장편에 도전해 보려고요. 6월에 있는 대학생 영화제에 참가할 생각이거든요."

박흥식이 말했다.

"대학생 영화제 참가하는 거 괜찮다. 장 작가라면 작품상 수상도 충분히 기대해 볼 수 있을 거야."

"길고 짧은 건 대봐야죠."

가만히 듣고 있던 조진호가 정색을 하고 말했다.

"장 작가, 있잖아, 장 작가가 뭘 하든 나하고 같이하자. 내가 장편이든 단편이든 제작 관련해서 나머지 부분을 책임지고 지원할게. 감독만 중요한 게 아냐, 제작사도 중요한 거야. 우리 제작사 이름이 뭐야? 고스트라인. 공포의 향기가 느껴지지 않아?"

박흥식이 웃으며 말했다.

"장 작가, 조심해. 이 형이 나한테 무슨 일이 있어도 넌 잡겠다고 했거든? 이 형 한번 물면 절대로 안 놓는다."

조진호가 은근한 목소리로 말했다.

"그리고 이 얘긴 따로 조용히 하려고 했는데…… ≪비가 오면≫ 얘기도 이서 해야지."

조진호의 말에 태수가 빙긋 웃음을 지었다.

≪비가 오면≫의 소설 책 띠지에 인쇄되어 있던 문구가 떠올랐던 것이다.

한국 공포 영화의 흥행 역사를 새로 쓴 〈모텔 파라다이스〉의 제작사 고스트라인이 전격 영화화 결정!

≪비가 오면≫도 어차피 조진호 대표와 제작을 하게 된다는 얘기다.

태수 입장에서도 나쁠 게 전혀 없다.

조진호 대표를 옆에서 지켜보니 의리도 있고 영화에 대한 열정도 대단하다.

앞으로 뭘 하든 아직은 모르는 게 많은 태수 입장에서는 상의할 수 있는 전문 제작사가 있다는 게 큰 힘이 될 것이다.

막상 현장을 떠나려니 너무도 아쉬웠다. 현장에 남아 있으면 하나라도 더 배우고 더 많은 공부를 할 수 있고 현장의 분위기도 너무 좋았던 것이다.

하지만 영화에 대해 알면 알수록, 현장의 열기를 느끼면 느낄수록 자신의 작품을 만들고 싶다는 열망이 점점 더 강해져서 조바심이 날 지경이었다.

무엇보다 명호가 이미 유명 배우들을 데리고 백억대가 넘는 영화의 감독을 하고 있다는 생각을 하면 저절로 자극이 됐다.

태수는 조진호, 박흥식과 헤어져서 촬영장을 떠나기 전 휴대폰을 들고 파라다이스 모텔을 배경으로 셀카를 찍었다.

자신의 작가 데뷔작이자 제작자로서 만든 첫 번째 영화를 기념하기 위해.

그리고 SNS에 그 사진을 올렸다.

사진 아래에는 다음과 같은 글을 남겼다.

공포 영화 '모텔 파라다이스' 대박 기원.

감독 데뷔 []

"헉, 지금 몇 시야?"

화들짝 놀라 몸을 일으키던 태수가 주위를 둘러봤다.

자신의 옥탑방 침대 위.

그제야 안도의 한숨을 내쉬었다.

"아, 맞다. 여기 촬영장 아니지?"

촬영장에서는 늘 아침 6시 30분이면 기상을 해서 하루를 시작했다.

막상 촬영장을 떠나오니 스태프들도 그립고 배우들도 보고 싶었다. 심지어 밥차에서 퍼 주는 밥도 그리웠다.

"후우."

휴대폰을 보니 오전 10시 20분.

어제 서울로 올라와서 제일 먼저 한 일은 차를 사는 일.

촬영장에 있는 내내 서울에 올라가면 차부터 사야겠다고 계속 마음을 먹고 있었다.

촬영장에서 잠깐 서울에 올라갔다 오고 싶어도 혹은 숙소를 한번 다녀오려고 해도, 차가 없으니 늘 제작부 차량의 도움을 받아야만 했다.

보통의 다른 남자들처럼 태수도 차에 대한 로망이 있었다. 그동안은 형편이 되지 않아서 그야말로 로망으로만 남아 있었지만.

마침내 그 로망을 어제 이루었다. 서울로 올라오자마자 중고차 판매점에 들러서, 봐 두었던 카니발 차량을 2,500만 원에 구입한 것이다.

카니발을 중고로 구입한 건 앞으로 영화 제작에 가장 필요한 게 SUV 차량이기 때문이다.

예전에 영화 찍을 때 차량이 없어서 그 무거운 장비를 들고 지하철과 버스로 이동하던 시절을 생각하면 지금은 웃음이 나왔다.

9인승 카니발 지붕에 루프 캐리어까지 달았더니 클럽 멤버들을 모두 태우고 장비까지 싣는다고 해도 충분할 공간.

택배와 치킨 배달을 몇 년씩이나 했었던 태수이기에 운전 실력은 달인에 가까웠다.

어젯밤에 태수는 자신의 차를 몰고 옥탑방으로 돌아왔다.

멀리 있는 지하철에서부터 걸어오지 않아도 되고 대중교통 끊기는 것도 신경 쓰지 않아도 되니 다른 세상에 사는 기분이었다.

옥탑방으로 돌아오자마자 옷도 벗지 않고 그동안 머릿속에서 구상해 놓았던 공포 단편의 대략적인 스토리 라인을 새벽까지 정리했다.

스토리 라인이 확정되면 바로 시나리오 작업에 들어갈 작정이었다.

비록 단편이지만 자신이 감독으로 연출을 하게 될 첫 번째 영화가 될 것이다.

"으아, 뻐근하네."

태수가 침대에서 일어나며 기지개를 켰다. 뻐근하던 몸이 시원하게 이완되는 느낌.

영화 스토리 라인도 잡았고 차도 샀고 모든 게 만족스러운 여유로운 아침이었다.

오후에 미스터리클럽 멤버들을 만나기로 한 것 말고는 딱히 할 일도 없는 상황.

냉장고를 열고 생수를 벌컥거리고 마시는데 카톡이 울렸다.

카톡. 카톡.

예전엔 카톡이 오면 괜히 짜증이 났다. 좋은 일보다는 안 좋은 일이 압도적으로 많았기 때문이다. 하지만 요즘은 카톡이 울리면 기대가 앞섰다.

오늘은 또 무슨 좋은 일이 있으려나.

휴대폰을 보니 민영사 강수인 편집팀장.

작가님, 그제 댁으로 책 보내 드렸는데, 잘 받으셨는지요?

순간 눈이 번쩍 뜨였다.

"어? 책이 나왔다고? 그제 보냈다면 지금쯤 도착했을 텐데?"

평소에 택배는 모두 가게 주소로 해 놓는다. 따라서 책이 왔다면 혜령이 받아 놓았을 것이다.

아직 보진 못했지만 곧 확인하겠습니다. 감사합니다.

카톡의 답장을 보내자마자 혜령에게 전화를 걸었다.

—어, 오빠.

"혹시 출판사에서 책 오지 않았니?"

—왔지.

"진짜? 어디 있어?"

—오빠 어딘데?

"나 옥탑방."

—정말? 그럼 내려와. 여기 있으니까.

태수가 후다닥 추리닝을 입고 1층으로 내려갔다.

경호네치킨은 아직 오픈 전이지만 상관없다. 엄마와 혜령이 가게 안쪽 방에서 생활하며 늘 가게에 상주하니까.

덕분에 태수는 가게에 들를 때마다 돈 버는 대로 엄마와 혜령의 살 집부터 마련해 줘야겠다는 생각부터 들었다.

부지런한 엄마와 혜령은 벌써 일어나서 가게 청소를 하고 있었다.

엄마가 태수를 보자마자 환하게 웃으며 다가와 어깨를 안고 두드렸다.

"아이고, 우리 작가 아들 왔어?"

"엄마도 참. 쑥스럽게 왜 그래? 내 책 어딨어?"

"여기 있잖아."

혜령의 소리에 뒤를 돌아보니 안쪽 테이블 위에 십여 권의 책이 쌓여 있는 게 보였다.

"책을 왜 저기다 쌓아 놨어? 방 안에 넣어 놓지."

"엄마가 사람들한테 자랑한다고 일부러 거기다 놓아둔 거야."

"내가 작가 아들을 낳았다는 게 믿어지지가 않네."

혜령이 테이블 위에 수북하게 쌓여 있던 책들 중에서 한 권을 집어 들어 태수에게 내밀었다.

"자, 오빠의 소설가 데뷔작."

태수가 책을 건네받았다. 두툼한 책의 감촉이 손안에 들어오자 목구멍이 간질거렸다.

환상 속에서 봤던 것과 똑같은 표지였다.

아니, 환상 속에서 봤던 것보다도 훨씬 색감이 산뜻했고 느낌도 강렬했다.

그리고 표지의 한가운데 인쇄되어 있는 다섯 글자.

장태수 지음.

평소에 다른 책은 아무리 표지가 예뻐도 그냥 쓱 한번 보고 넘어가는데 ≪비가 오면≫의 표지는 보면 볼수록 더 보고 싶어졌다.

이 순간을 얼마나 오랫동안 기다려 왔던가.

태수는 책을 손으로 쓸어 보고는 뭉클한 감정을 억누르며 첫 장을 펼쳤다. 프로필이 어떻게 들어가 있는지 궁금했던 것이다.

출판사에서도 딱히 쓸 내용이 없어서 고심했을 것 같기도 하고.

표지 뒷장에 자신의 사진과 함께 프로필이 적혀 있었다. 근데 프로필이 생각보다 길었다.

'대체 뭐가 이렇게 많이 쓰여 있는 거야?'

　　장태수는 현재 드림실용예술전문대학 문창과에 재학 중이며 제7회 한국 장르문학 공모대전에서 미스터리 소설 ≪비가 오면≫으로 당당히 대상을 수상했다. 현재 ≪비가 오면≫은 복수의 영화사들로부터 영화 원작 계약의 러브콜을 받고 있으며 공포 미스터리 장르에 관심이 많았던 작가는 현재 제작 중인 공포 영화 〈모텔 파라다이스〉의 시나리오를 집필하기도 했다. 공포 영화 〈모텔 파라다이스〉는 올여름 개봉 예정이다.

생각지도 못한 화려한 프로필에 어안이 벙벙할 지경.

물론 거짓말은 아니지만 그날 출판사에서 손예지에게 들은 얘기를 그대로 프로필에 모두 넣을 줄은 생각지도 못했다.

안쪽의 내용을 살펴보니 기분 좋은 책 냄새와 함께 자신이 직접 키보드를 두들겨서 만든 문장들과 이야기들이 단정한 활자로 인쇄되어 눈앞에 펼쳐졌다.

몽클한 감정을 억누르며 책을 훑어보다가 책의 뒷면을 보던 태수의 입에서 탄성이 흘러나왔다.

책의 뒷장 표지에 손예지의 추천사가 들어 있었던 것이다.

일단 손에 잡으면 멈출 수 없는 흡입력이 있습니다. 저는 촬영장에서 틈틈이 읽었는데 촬영하러 갈 때마다 책을 못 읽는다는 사실에 짜증이 날 정도였어요. 모처럼 미스터리의 재미에 푹 빠질 수 있었습니다. 영화로 나오면 훨씬 재미있을 것 같아요. -영화배우 손예지-

뭐라고 해야 할지 말이 나오지 않았다.

태수는 손예지가 정말로 추천사를 썼으리라고는 상상도 하지 못했다. 출판사에서 얘기가 나오긴 했지만 그저 형식적으로 하는 말일 거라고 생각했다.

가까이서 지켜본 손예지는 정말 개인적인 시간조차 없을 정도로 바빴다. 오죽했으면 소희가 손예지 20분 인터뷰하려고 그 난리를 쳤을까.

그런 손예지가 자신의 소설을 읽고 추천사까지 쓰려면 얼마나 신경을 썼을지 상상이 갔다. 추천사에 나온 것처럼 촬영장에서 틈틈이 읽지 않으면 읽을 시간조차 없었을 테니까.

다시 말해 자신의 모든 여가 시간을 태수의 책을 읽는 데 썼다는 얘기.

고마운 마음에 뜨거운 감정이 울컥하고 올라왔다.

"오빠, 설마 손예지하고 아는 사이는 아니지? 그냥 출판사에서 부탁해서 추천사만 써 준 거지?"

혜령의 물음에 태수가 고개를 흔들었다.

"아니, 손예지하고 잘 아는데?"

"치이, 말도 안 돼. 오빠가 어떻게 손예지를 알아?"

"볼래?"

태수가 즉석에서 카톡을 켜서 손예지에게 톡을 날렸다.

> 태수 : 누나, 추천사 정말 고마워요. 재미도 없는 책 읽느라
> 고 정말 고생하셨어요. ㅠ.ㅠ

퇴마하는 톱스타

옆에서 지켜보던 혜령의 눈이 휘둥그레졌다.

"진짜 아는 거야?"

카톡.

보니까 손예지가 보낸 답장.

예지 : 고맙긴, 내가 고맙지. 정말 재미있게 읽었어.

태수 : 그렇다면 정말 다행이네요.

예지 : 비가 오면 네가 각색해라. 영화로 만들면 재미있을 것
　　　같더라. 예인 역할은 내가 봐도 탐나는 배역이야. 네
　　　가 시나리오 쓰면 나중에 나한테도 보내.

태수 : 그럼 저야 더 바랄 게 없죠.

예지 : 나 지금 숏 들어가야 하니까 나중에 또 연락하자.

태수 : 알았어요, 누나.

태수가 혜령을 돌아보고 말했다.

"봤지?"

혜령이 놀라서 물었다.

"그럼 공포 영화 모텔 파라다이스의 시나리오를 오빠가 집
필했다는 것도 사실이야? 정말 오빠가 이 영화 시나리오를
쓴 거야?"

"그렇다니까."

그러자 옆에서 유심히 듣고 있던 엄마가 혜령에게 호통을

치듯 소리를 질렀다.

"거봐! 너희 오빠가 쓴 게 맞다잖아. 쓰지도 않은 거를 거기다 그렇게 적을 수가 있겠냐? 아이구야, 대체 이게 무슨 일이래? 우리 아들이 영화를 다 만들고."

엄마가 가까이 다가오더니 은근한 목소리로 물었다.

"손예지랑 사귀는 거냐?"

태수가 놀라서 손을 내저었다.

"아냐, 엄마, 사귀는 게 아니라 그냥 친한 누나야. 그리고 영화도 내가 만드는 게 아니라…… 아니, 맞아. 영화는 내가 만드는 거 맞아. 하지만 혼자가 아니라 마음에 맞는 여러 사람들하고 같이 만드는 거야."

각본도 썼고 공동 제작자니까 그렇게 말해도 틀린 말은 아니다.

태수가 계산대에 있는 펜을 가져와 책에 사인을 해서 엄마한테 건넸다.

자신이 사인한 첫 번째 책이었다.

앞으로 또 얼마나 많은 책에 이렇게 사인을 하게 될까?

사인 아래에는 이렇게 적었다.

고맙고 사랑합니다, 엄마.

옆에서 지켜보던 혜령도 사인을 해 달라고 책 세 권을 집어 들었다.

"사인이 세 권이나 필요해?"

"고등학교 때 내 친구 정아랑 현주한테 줄 거야. 어제 내가 오빠 책 나왔다고 하니까 둘 다 사인 받아 달라고 난리가 났다니까. 그리고 한 권은 내 거, 헤헤."

엄마가 인상을 찡그리며 말했다.

"지들이 책을 사서 가져와 사인을 해 달라고 해야지. 그래야 너네 오빠 책이 한 권이라도 더 팔릴 거 아냐?"

태수가 히죽 웃으면서 말했다.

"아냐, 엄마. 책 몇십 권 산다고 해도 별로 도움되는 거 아니니까 엄마도 주위에 나눠 주고 싶은 분들 있으면 언제든 말해. 내가 사인해 줄게."

엄마가 눈치를 살피며 말했다.

"그럼 나도 세 권 필요한데."

태수가 엄마와 혜령에게 줄 책에 사인을 모두 한 후에 말했다.

"엄마, 오늘 내가 맛있는 점심 사 줄게. 혜령이도. 뭐 먹고 싶어?"

"야, 책 아직 팔지도 않았는데 네가 무슨 돈이 있다고?"

"나 돈 많아. 잠깐 나와 봐."

태수는 엄마와 혜령을 주차장으로 데려갔다.

주차장에 검정색 카니발 한 대가 반짝반짝 빛을 내며 서 있었다.

삐삑.

스마트키를 누르자 카니발의 잠금장치가 열렸다.

태수가 차의 뒷문을 열며 말했다.

"엄마 타."

엄마는 물론 혜령도 눈을 휘둥그레 뜨고 물었다.

"이게 무슨 차야?"

태수가 씩 웃으며 말했다.

"내 차, 아니 우리 차야."

엄마와 혜령을 카니발에 태우고 양평 두물머리로 드라이브를 하고 식사까지 한 후에 집으로 돌아왔다.

남은 소설책은 모두 안아 들고 옥탑방으로 올라왔다.

하루 종일 아무것도 할 일이 없을 줄 알았는데 갑자기 할 일이 많아졌다.

책을 선물할 사람들의 목록을 적어 놓은 후 일일이 사인을 해서 감사의 말을 적어 넣었다.

자신의 이름으로 책이 출간되면 꼭 해 보고 싶었던 일이기에 정성을 다해 인사말을 적었다.

책을 보내 줄 사람들은 조진호 대표, 박홍식 감독, 손예지, 장웅인 그리고 소영희도 목록에 넣었다.

환상 속에서 소영희가 ≪비가 오면≫ 소설책을 읽고 있는 영상을 봤는데, 지금 생각해 보니 그 소설책이 자신이 보낸 책이 되는 셈이다.

소영희의 주소는 조진호 대표한테 전화해서 알아냈다.

그리고 송현주, 드림대학의 고민석 교수와 미스터리클럽 멤버들의 책도 챙겨서 사인과 인사말을 일일이 적어 넣었다.

우체국에 들러서 책을 발송한 후에는 가방을 둘러메고 광화문으로 나갔다.

책이 나오면 꼭 둘러보고 싶었던 곳, 보교문고다.

혹시라도 보교문고 매대에 ≪비가 오면≫이 진열되어 있는 모습을 볼 수 있다면 기분이 날아갈 것 같았다.

매대 주위에 사람들이 서서 ≪비가 오면≫을 들고 읽는 모습을 볼 수만 있다면.

하지만 ≪비가 오면≫이 보교문고 매대에 진열되어 있을 가능성은 별로 없다. 이제 막 나온 신간인 데다 보교문고의 매대에는 나름의 인지도가 있는 책들만 진열되기 때문이다.

그래도 혹시 몰라 문학 코너로 발길을 옮겼다. 책이 진열되어 있다면 문학 코너에서 '새로 나온 신간' 코너일 가능성이 제일 높았다.

새로 나온 신간 코너를 살펴보니 언제나 그렇듯 많은 사람들이 몰려서 책을 읽고 고르는 모습이 보였다.

두근거리는 마음을 진정시키며 사람들 사이를 비집고 들

어갔다.

새로 나온 신간이라는 팻말 아래 진열되어 있는 예쁜 책의 표지들이 눈을 즐겁게 만들었다.

≪비가 오면≫의 파란 바탕을 찾았지만 역시나 책이 보이지 않았다.

어차피 기대하고 온 건 아니니까 상관없다. 지금은 여기 없지만 앞으로 베스트셀러 코너에 진열이 될 수도 있는 일 아닌가.

환상 속에서 본 띠지에 작은 글자로 적혀 있던 문구가 맞는다면 말이다.

'한국 문단의 걸출한 스토리텔러 정태수 작가, 첫 장편소설 ≪비가 오면≫의 베스트셀러 등극에 이어 각본을 맡은 공포 영화 〈모텔 파라다이스〉까지 흥행 폭발!'

띠지에는 분명 그렇게 적혀 있었다.

물론 출판사에서는 진짜 베스트셀러가 아니라도 그런 식으로 홍보를 하곤 한다.

'다음에 다시 와 봐야겠네.'

학교로 가기 위해 지하철역으로 통하는 통로로 걸어가던 태수가 멈칫했다.

눈앞에 ≪비가 오면≫의 표지가 인쇄된 패널이 세워져 있는 게 아닌가.

패널은 지하철 쪽으로 향하는 통로 쪽에 세워져 있었다.

말하자면 사람들의 눈에 가장 잘 띄는 곳.

소설책 표지보다 네댓 배는 커 보이는 패널에는 '손예지도 밤을 새워 읽은 제7회 한국 장르문학 공모대전 대상 수상작, ≪비가 오면≫'이라는 문구가 적혀 있었다.

패널 옆으로는 '주목할 만한 신간'이란 팻말의 코너가 보였다.

그 코너의 매대 중심에 파란색 바탕의 익숙한 책들이 세로 줄로 가장 높게 쌓여 있었다.

그리고 ≪비가 오면≫을 손에 들고, 저마다 책을 읽고 있는 많은 독자들.

울컥한 감정을 가까스로 억누르며 얼어붙은 것처럼 가만히 그 자리에 서 있었다.

자신의 책을 읽는 독자들과 쌓여 있는 자신의 책들이 마치 영화의 한 장면 같았다. 그 모든 장면들이 마치 꿈을 꾸는 것처럼 느릿하게 움직이고 있었다.

퍼뜩 마음을 추스른 태수는 혹시라도 사람들이 자신을 알아볼까 두근거리는 마음으로 옆에 있는 기둥 뒤로 몸을 가렸다.

숨을 죽인 채 ≪비가 오면≫을 읽고 있는 사람들을 지켜봤다.

그들의 표정, 그들의 눈빛이 어떻게 움직이는지 단 한 가지도 빠트리지 않고 살펴봤다.

그들이 넘긴 페이지의 분량과 미세한 표정의 변화만 봐도 지금 어느 부분을 읽고 있을지 어림이 됐다.

　나중엔 그들의 마음이 너무 궁금해서 그대로 있을 수가 없었다.

　태수는 주목할 만한 신간 코너로 걸어갔다. 사람들 사이에 슬쩍 섞여서 모른 척 자신의 책을 집어 들고 보는 척했다.

　태수의 맞은편 젊은 여자도 ≪비가 오면≫을 읽고 있었다. 다른 독자들은 대부분 앞부분을 읽는데 그 여자 독자가 읽는 지점은 벌써 책의 절반 분량을 넘어서고 있었다.

　그때 여자 독자의 휴대폰에 카톡이 왔다. 카톡을 확인한 여자 독자가 깜짝 놀랐다.

　여자 독자가 카톡에 급하게 답을 하고는 읽고 있던 책을 내려놓았다.

　여자 독자는 대신 새 책을 집어 들고 황급히 계산대로 달려갔다.

　태수는 여자 독자가 책을 어떻게 읽었는지 그 마음이 너무도 궁금했다.

　태수가 여자 독자가 놓고 간 책을 집어 들고 주문을 읊었다.

　'사이코메트리.'

　화르르르륵.

　공기가 흔들리며 조금 전의 영상이 눈앞에 나타났다. 여자 독자의 카톡이 눈앞에 보였다.

　너 어디야? 나 지금 10분째 기다리고 있단 말야. 왜 안 와?
　헉, 시간이 이렇게 된 줄 몰랐어. 미안, 나 지금 보교문고야.
금방 갈게.
　거기서 뭐 하고 있어?
　이번에 나온 신간 읽고 있었어.
　미친.
　거짓말이 아니고 진짜 시간 몰랐다니까. 너도 읽어 봐. 몰입
감 제대로야.
　제목이 뭔데?
　'비가 오면'이라고 손예지도 엄청 재밌게 읽었나 봐.
　으이그, 아무튼 빨리 와.
　내가 책 사 가면 빌려줄게, 헤헤.

　여자 독자의 카톡을 보고 나니 눈시울이 뜨거워지고 목구
멍 아래에서 뜨거운 감정이 울컥거렸다.
　'지금 책을 읽고 있는 사람들도 조금 전의 여자 독자처럼
재미있게 책을 읽을까?'
　태수는 독자들을 보며 마음속으로 중얼거렸다.
　'제가 그 책 쓴 작가예요.'

드림실용예술전문대학.

치열한 영화 현장에 있다가 모처럼 학교 캠퍼스를 거닐자 저절로 여유로운 마음이 들었다. 예전에 아웃사이더처럼 다닐 때하고는 사뭇 다른 느낌.

캠퍼스를 걷는 태수의 마음속에는 앞으로 이 학교에서 이룰 원대한 꿈의 씨앗이 꿈틀거리고 있었다.

미스터리클럽 회원들을 만나기 전에 고민석 교수 연구실에 먼저 들렀다.

고민석 교수가 아니었으면 이런 좋은 일들이 일어나지 않았을 수도 있다.

태수는 고민석 교수한테 그동안의 얘기도 하고 책도 전달할 생각이었다.

"와, 이게 누구야?"

고민석 교수가 자리에서 직접 일어나서 태수를 맞아 줬다.

"잘 지내셨어요?"

태수가 인사를 하며 소설책을 내밀었다.

책을 받아 든 고민석 교수가 감탄사를 뱉어 냈다.

"표지 잘 나왔네. 디자이너가 누군지 몰라도 감각 있어."

태수가 씩 웃으며 근황을 간략히 얘기했다.

고민석 교수도 그동안 박흥식 감독으로부터 대략적인 애

기는 들었던 모양.

"난 네가 쓴 수정고 덕분에 손예지 캐스팅되고 영화가 재투자받았다는 얘기 듣고 진짜 깜짝 놀랐어."

"운이 좋았죠, 뭐."

"아냐. 나중에 흥식이가 네가 쓴 수정고를 보내와서 읽었는데, 이건 뭐 수준이 놀랍던데? 〈장화, 홍련〉하고 비교해도 절대로 부족하지 않아."

고민석 교수가 흐뭇한 미소를 짓고는 말했다.

"이야, 웹툰학과에 스타가 나왔다고 해서 괜히 주눅이 들었는데, 이젠 우리 문창과에도 드디어 인물이 나왔네. 이제 우리 학교도 앞으로는 이름이 좀 알려지겠는데."

웹툰학과에 스타라는 소리에 태수가 궁금증을 이기지 못하고 물었다.

웹툰학과는 과사무실이 바로 옆에 붙어 있어서 학생들하고도 안면이 있는 편이었다.

"웹툰학과 누구요?"

"아참, 넌 휴학해서 모르겠구나. 웹툰학과에 김보미라고 요즘 네이바 웹툰 수요 연재에서 1등하는 친구 있어. 제목이 '오늘도 연애'라고 연애물인데, 꽤 재미있게 쓰더라고. 이미 영화 원작 계약도 한 걸로 알고 있는데?"

드림대학에도 그런 인재가 있다니 뜻밖이었다.

"그래, 앞으로의 계획은?"

"미스터리클럽 회원들하고 공포 단편영화를 만들어 보려고요. 6월에는 전국대학생영화제에도 정식으로 작품을 출품해 볼 생각이구요."

"오호, 이 얘기 들으면 학과장님 엄청 좋아하시겠네."

전국대학생영화제는 학교의 이름을 걸고 나가는 영화제라서 수상을 한다면 드림대학 같은 신생 대학 입장에서는 엄청난 홍보 효과를 누릴 수가 있다.

"학과장님이면 박대식 교수님요?"

"그래. 네가 공모전에서 수상하고 〈모텔 파라다이스〉 시나리오 썼다는 얘기 듣고 요즘 완전 의욕 넘치셔. 너한테도 얼마나 관심이 많은데. 맨날 너 언제 복학하냐고 나한테 물어본다니까."

박대식 교수는 연영과 교수인데 문창과도 같이 지도한다.

가르치는 내용들이 너무 올드하다고 학생들은 싫어하지만 학교 발전을 위한 일이라면 물불 안 가리고 불도저처럼 밀어붙이는 뚝심 하나는 탁월하다고 정평이 나 있다.

"참, 너 복학하면 인터뷰해서 입시 요강에도 넣을 계획이라고 하던데?"

"헐, 정말요?"

"학과 차원에서 도울 일 있으면 언제든 얘기해. 내가 적극적으로 건의를 해 볼 테니까. 아, 그리고 내가 학교에 얘기해서 연영과의 학교 장비도 사용할 수 있도록 해 볼게. 학과장님이 워낙 적극적이라서 아마 큰 문제는 없을 거야."

사실 그 부분이 가장 고민스러웠는데 고민석 교수가 먼저 얘기를 해 주니 무척 고마웠다.

"감사합니다, 교수님."

"기획이라든가, 시나리오 작업할 때도 도움이 필요하면 언제든 얘기하고."

"네, 그럴게요."

학교 후문에서도 후미진 골목으로 한참을 들어가면 가정집을 개조해서 만든 허름한 주점이 나온다.

이름하여 '참새네'.

오랜만에 그 낡은 간판을 보자 예전의 추억들이 새록새록 솟아났다.

태수가 안으로 들어서자 입구에 있던 '털보 형님'이 먼저 발견하고 반겨 줬다.

코와 턱에 수염이 덥수룩한 외모 때문에 털보 형님으로 불리는 30대 후반의 사장님은 태수를 비롯한 미스터리클럽 회원들을 유난히 좋아해서 다들 친동생처럼 대해 줬다.

"세상에, 이게 누구야? 태수 아니냐?"

"그동안 잘 지내셨어요?"

"이야, 이 자식. 휴학했다는 소리는 들었지만 어떻게 그렇게 발길을 딱 끊을 수가 있어? 내가 얼마나 섭섭했는지 알아?"

"죄송해요. 그동안 몇 번이나 오고 싶었는데 쉽지가 않았어요."

사실 마음은 수도 없이 오고 싶었지만 자신의 모습이 너무 초라하게 느껴져서 올 수가 없었던 것이다.

털보 형님이 활짝 웃으며 말했다.

"아무튼 반갑다. 이제 복학한다며?"

"예."

"어여 들어가, 다들 방에 모여 있으니까."

예전부터 털보 형님은 미스터리클럽 멤버들만 사용할 수 있도록 가정집의 방까지 따로 내줬다. 덕분에 그곳에서 회의는 물론 밤이 늦으면 잠까지 자곤 했다.

태수가 방문을 열자 멤버들의 얼굴이 한꺼번에 시야에 들어왔다.

용만, 정우, 민지, 소영이 동시에 환호성을 질렀다.

"복학 축하해, 형~!"

한동안 술잔이 돌고 온갖 수다와 잡담이 이어졌다.

태수는 〈모텔 파라다이스〉 영화에 공동 제작자로 참여하고 있고 그 영화의 시나리오를 썼다는 얘기를 일부러 꺼내지 않았다.

우선은 앞으로 클럽을 어떻게 운영할지, 그 방향에 대해 회원들에게 밝히고 동의를 구하는 게 우선.

"앞으로 클럽을 어떻게 이끌어 갈지에 대한 내 생각을 밝힐게. 내 생각에 동의하지 않으면 함께하지 않아도 좋아. 어차피 내가 너희들 미래를 책임져 주는 사람도 아니고. 또 내가 하려는 미래의 계획이 너희들에게 도움이 될 수 있을지도 모르니까."

웃고 떠들던 분위기가 차분하게 가라앉았다.

그러면서도 다들 태수가 무슨 얘기를 하려는지 기대와 설렘이 뒤섞인 표정으로 숨을 죽였다.

"난 앞으로 단편 공포 영화를 만들 거야."

태수의 말에 동생들이 모두 어리둥절해하면서 술렁거렸다.

"공포 영화라고?"

"갑자기 웬 공포 영화?"

동생들은 서로 눈치를 보면서도 태수의 의도를 몰라 당혹스러운 표정들.

"공포 장르를 하려는 이유는 내가 제일 잘할 수 있는 장르고 좋아하기 때문이야. 그리고 예전에는 클럽의 운영과 의사 결정을 항상 다수결로 결정했지만, 앞으로는 내가 독자적으로 결정하려고 해. 한마디로 독재를 하겠다는 뜻이지. 당연히 영화 연출도 내가 할 거고."

태수의 폭탄선언에 분위기가 금방 얼어붙었다.

복학 이전에 자신들이 알고 있던 태수와 달라도 너무 달랐던 것이다.

예전의 태수는 동생들의 의견에 귀를 기울이는 인정 많은 형이었다. 뭐든 좋다고 하고 다수의 의견에 따랐던.

하지만 당시 동아리 활동을 놓고 보면 인정에 이끌려 우유부단한 면이 많았다. 덕분에 무슨 일을 하려면 늘 늘어지고 흐지부지되기 일쑤.

태수가 이번에 영화 촬영 현장에서 프로들과 일하며 느낀 교훈이 있다.

영화의 감독은 오직 한 사람뿐이라는 것.

이번 영화 촬영 현장에서 태수는 박홍식 감독이 연출하는 장면들이 자신의 생각과 다른 장면들이 많았지만 선뜻 의견을 낼 수가 없었다.

아무리 박홍식 감독이 열린 마음을 가졌다고 해도 감독의 연출에 여기저기서 간섭을 하면 배가 산으로 간다는 걸 자연스럽게 깨달았기 때문이다.

적어도 촬영장에서 감독은 왕으로 군림한다.

나머지 모든 스태프들은 감독의 연출을 돕기 위해 모인 사람들이다. 그들이 계속 영화판에서 살아남으려면 실력을 키워야만 하고 감독을 지지하고 따라야만 한다.

아무리 단편영화라도 예전처럼 모두가 동등한 위치에서 의견을 내고 다수결로 결정을 하면 제대로 된 영화는 만들 수가 없다.

게다가 이제 자신은 예전의 무능력한 장태수가 아니고 동생들처럼 아마추어도 아니다.

"분명히 말하지만 난 이제 학생들이 적당히 만드는 수준의 그런 영화는 만들지 않을 거야. 적어도 상업 영화와 붙어도 경쟁력이 있는 영화를 만들 거라고."

찬물을 뿌린 것처럼 적막이 흘렀다. 방금 전까지 상기됐던 얼굴들이 모두 굳었다.

예상대로 유소영이 물었다. 유소영은 태수를 포함해서 클럽에서 필력이 가장 좋은 친구였으니까.

물론 그녀는 그동안 태수가 뭘 하며 어떻게 살았는지 상상조차 할 수 없었다.

"난 태수 오빠가 감독을 하고 싶다면 반대할 생각 없고요. 그리고 클럽을 독재자처럼 운영하겠다고 해도 반대하지 않을 거예요. 어차피 태수 오빠가 없을 땐 클럽을 운영하지도 않았으니까. 하지만 한 가지 짚고 넘어갈 게 있어요. 비록 오빠가 큰 공모전에서 대상을 수상했지만 그건 어디까지나 소설이지 시나리오는 아니에요. 근데 갑자기 오빠가 영화 연출을 하겠다고 나서니까 의아한 거죠."

유소영은 예전 합평 시간에도 가장 날카롭게 태수의 작품을 비판하곤 했다.

잠깐 그때 생각이 나서 태수는 저도 모르게 빙긋 미소를 머금었다.

예전엔 소영이가 저렇게 아픈 곳을 건드리면 발끈 화를 내곤 했다.

태수는 긴말하지 않고 가방에서 사인 해 온 소설책을 꺼내서 동생들에게 돌렸다.

유소영에게도 책을 주며 말했다.

"이번에 대상 받은 소설이야."

지난번 모임 때도 책이 나오기 전에 파일로라도 먼저 읽어 볼 수 없냐고 조르던 유소영이기에 책을 받아 드는 그녀의 눈빛이 호기심으로 빛이 났다.

유소영이 책을 읽고 싶어 했던 이유는 태수의 필력을 의심했기 때문.

불과 1년 전만 해도 자신보다도 필력이 떨어졌던 태수가 공모전에서 대상을 받았다는 사실이 믿기지 않았던 것이다.

유소영은 책을 받자마자 곧바로 표지를 넘겼다. 표지 뒷장에 작가 프로필이 보였다.

유소영의 눈길이 프로필에서 한참을 머물렀다.

맨 먼저 용만이 탄성을 질렀다.

"이거 뭐야? 형이 〈모텔 파라다이스〉 영화 시나리오를 썼다고? 이번에 손예지 출연하는 공포 영화? 이 영화 인터넷에서 기사 봤는데?"

용만의 말에 정우와 민지 커플이 물었다.

"그게 무슨 소리야? 그런 말이 어디에 있어?"

"여기 표지 형 프로필에 있잖아."

용만이 자못 자랑스러운 듯 큰 소리로 프로필을 읽었다. 특히 학교 이름을 말할 때는 일부러 힘을 줘서 읽었다.

장래수는 현재 드림실용예술전문대학 문창과에 재학 중이며…… ≪비가 오면≫은 복수의 영화사들로부터 영화 원작 계약의 러브콜을 받고 있으며…… 현재 제작 중인 공포 영화 〈모텔 파라다이스〉의 시나리오를 집필하기도 했다…….

민지가 말했다.

"여기 뒤에 손예지 추천사도 있어. 헐."

다음 권으로 이어집니다

악가의 무신

서준백 신무협 장편소설

『빙의검신』의 작가 '서준백' 그가 써 내려가는 진정한 협의 기치!

정파의 거두 태양무신이 목숨을 바쳐 지켜 낸 강호
하지만 그가 남긴 유산들로 인해
무림은 다시금 혼란에 빠지는데……

**태양무신의 유산을 완성하는 자,
천하를 오시하리라.**

혈란이 종결되고 17년 후,
신의가 사라진 무림 한구석

"……망할 개잡놈들!"

태양무신 천휘성,
산동악가의 장손 악운으로 눈뜨다!

**태양무신의 유산을 회수하여
야망에 물든 자들의 시대를 끝장내라!**

신컨의 원코인 클리어

아케레스 퓨전 판타지 장편소설

동시 접속자 2억 명, 클리어 수 0명!
공략 불가 게임에 최강의 신컨이 난입했다!

한물간 격투 게임 '킹 오브 피스트'의 챔피언 태양
갑자기 사라진 여동생을 찾던 중
실종의 원인이 가상현실 게임이란 걸 알게 되지만……

속보! 가상현실 게임 단탈리안, 치명적 오류 발견!
원인 불명의 사망자 속출……

로그아웃할 수 없는 전대미문의 오류에도 태양은
통각 싱크로율 100%라는 특이체질을 안은 채
한 번뿐인 목숨으로 게임에 접속하게 되는데……

현실보다 더 리얼한 가상현실에서 살아남는 법
지금 바로 시원하게 알려 드립니다!

꿈의 도약, 로크에서 하십시오
(주)로크미디어에서 신인 작가를 모십니다

즐거운 세상, 로크미디어는 꿈을 사랑하고 도전을 두려워하지 않는 작가 분들의 참신한 작품을 기다리고 있습니다. 21세기 장르 문학계를 이끌어 갈 차세대 선두 주자 (주)로크미디어에서 여러분의 나래를 활짝 펴 보시길 바랍니다.

모집 분야 판타지와 무협을 포함한 장르 문학
모집 대상 아마추어 작가, 인터넷 작가
모집 기한 수시 모집

작품 접수 시 유의 사항

1. 파일명은 작가명_작품명.hwp형식을 갖춰 주십시오.
1. 파일에 들어갈 내용은 다음과 같습니다.
   - 성명(필명인 경우 실명을 밝혀 주세요), 연락처, 이메일 주소
   - 제목, 기획 의도
   - A4용지 1장 분량의 등장인물 소개
   - A4용지 2장 분량의 전체 줄거리
   - 본문
1. 작품이 인터넷에 연재되고 있다면, 게시판명과 사이트의 구체적이고 정확한 주소를 기재해 주십시오.

선택된 작품은 정식 계약 후 출판물로 간행되어 전국 서점에 유통됩니다.
작가 분은 (주)로크미디어의 전폭적인 지원하에 전속 작가로 활동하시게 됩니다.
※ 자세한 내용은 로크미디어 홈페이지(rokmedia.com)를 참조하세요.

(04167)서울시 마포구 마포대로 45 일진빌딩 6층
(주)로크미디어 편집부 신간 기획 담당자 앞
전화 : 02) 3273-5135
www.rokmedia.com   이메일 : rokmedia@empas.com

우리 교황님 좀 말려 주세요

판미손 퓨전 판타지 장편소설

비정상 교황님의
듣도 보도 못한 전도(물리) 프로젝트!

이세계의 신에게 강제로 납치(?)당한 김시우
차원 '에덴'에서 10년간 온갖 고생은 다 하고
겨우 교황이 되어 고향으로 귀환했건만……

경고! 90일 이내 목표 신도 숫자를 달성하지 못할 시
당신의 시스템이 초기화됩니다!

퀘스트를 달성하지 못하면 능력치가 도로 0이 된다고?
그 개고생, 두 번은 못 하지!

"좋은 말씀 전하러 왔습니다, 형제님^^"

※주의※ 사이비 아닙니다, 오해하지 마세요!

망한 가문의 검술 천재가 되었다

소구장 퓨전 판타지 장편소설

역사에서도 잊힌 비운의 검술 천재
최강의 꼰대력으로 무장한 채
후손의 몸으로 깨어나다!

만년 2위 검사 루크 슈넬덴
세계를 위협하던 마룡을 물리치며
정점에 이른 순간

이대로 그냥 죽어 다오, 나를 위해서.

라이벌인 멀빈 코넬리오에게 목숨을 잃……
……은 줄 알았는데,
200년 후의 몰락한 슈넬덴가에서 눈뜨다!
가족이라고는 무기력한 가주, 망나니 1공자뿐
망해 버린 가문을 살리기 위해
까마득한 조상님이 팔을 걷었다!

설풍 같은 검술, 그보다 매서운 독설로
슈넬덴가를 정점으로 이끌어라!